KB102725

70, 내 생의 청춘

70, 내 생의 청춘

펴낸날 초판 1쇄 2022년 10월 29일

지은이 서정순
펴낸이 서용순
펴낸곳 이지출판

출판등록 1997년 9월 10일
등록번호 제300-2005-156호
주소 03131 서울시 종로구 율곡로6길 36 월드오피스텔 903호
대표전화 02-743-7661 **팩스** 02-743-7621
이메일 easy7661@naver.com
디자인 박성현
인쇄 ICAN
물류 (주)비앤북스

값 17,000원

ISBN 979-11-5555-188-2 03810

▶▶▶ 서정순 두 번째 수필집

70, 내 생의

이지출판

그저 감사할 뿐입니다

환갑에 첫 수필집 《60, 내 생의 쉼표》를 내고 출판기념회를 했습니다. 그리고 이번 칠순에 두 번째 책 《70, 내 생의 청춘》을 펴내면서 여러분과 만나고 싶어 판을 벌였습니다. 책 제목을 보면 짐작하시겠지만, 청춘을 스케치하고 발자국을 남기려는 제 마음을 헤아려 주시리라 믿습니다.

처음에는 제목을 '70, 내 생의 가을'로 정하려 했으나 글쓰기를 채근하시던 스승님께서 벌써 '가을' 운운하느냐며 '청춘'으로 바꾸는 것이 좋겠다는 말씀에 정신이 번쩍 들었습니다. 가을보다는 청춘 속으로 달려가고 싶었습니다. 그렇게 만든 이 책에는 주변 이야기와 제 못난 자화상이 그려져 있습니다. 부끄럽기도 하지만 한편 뿌듯하기도 합니다.

《바람의 딸》이라는 책을 읽고 저자 한비야처럼 살고 싶은 적이 있습니다. 그러나 저는 관광지만 돌아다녔습니다. 그가 말하는 바람과는 의미는 다르지만, 저 또한 영혼이 자유롭다고나 할까요? 하고 싶은 일, 해야 할 일은 주저하지 않고 나름 열심히 살았습니다. 그리고 생각해 보니 그 삶 속에서 숱한 인연을 만났고, 그들로 하여 제 인생이 많이 풍요로웠다는 생각이 듭니다. 그저 감사할 뿐입니다.

지금도 백발에 늘어진 주름을 감추지 않고 있는 그대로 보여드리는 제 청춘 스케치에 파랑새를 그려 준 교수님, 당근과 채찍으로 번갈아 채근하시던 스승님, 햇볕 가리는 방법을 알려 준 선생님, 영양크림과 선크림으로 민낯을 보호해 주는 선생님, 비 오는 날 우산 쓰는 법을 가르쳐 준 선생님, 그리고 각각의 색연필로 한 획 한 획 그려 준 여러 모임의 선생님들, 또 친구들 덕분에 저의 청춘 스케치북이 완성되었습니다. 특히 광진문인협회와 느티나무문우회 여러분과 저를 사랑해 주시는 모든 분의 은혜 가슴속 깊이 새겨 두겠습니다.

고백처럼, 독백처럼 조용히 말씀드립니다. 벌써 26년 전 일입니다. 부산에 살다가 서울특별시민이 되었을 때 많은 용기를 준 시동생들, 그리고 오빠, 두 동생. 우리 사 남매의 특별한 우정, 진심으로 고맙습니다. 또 무남독녀 우리 진아, 사위 선욱이, 연우, 지우에게 무한 사랑 보냅니다. 끝으로 이지출판 서용순 대표와 디자이너 박성현 실장, 엄지척입니다.

2022년 10월 29일

서 정 순

차례

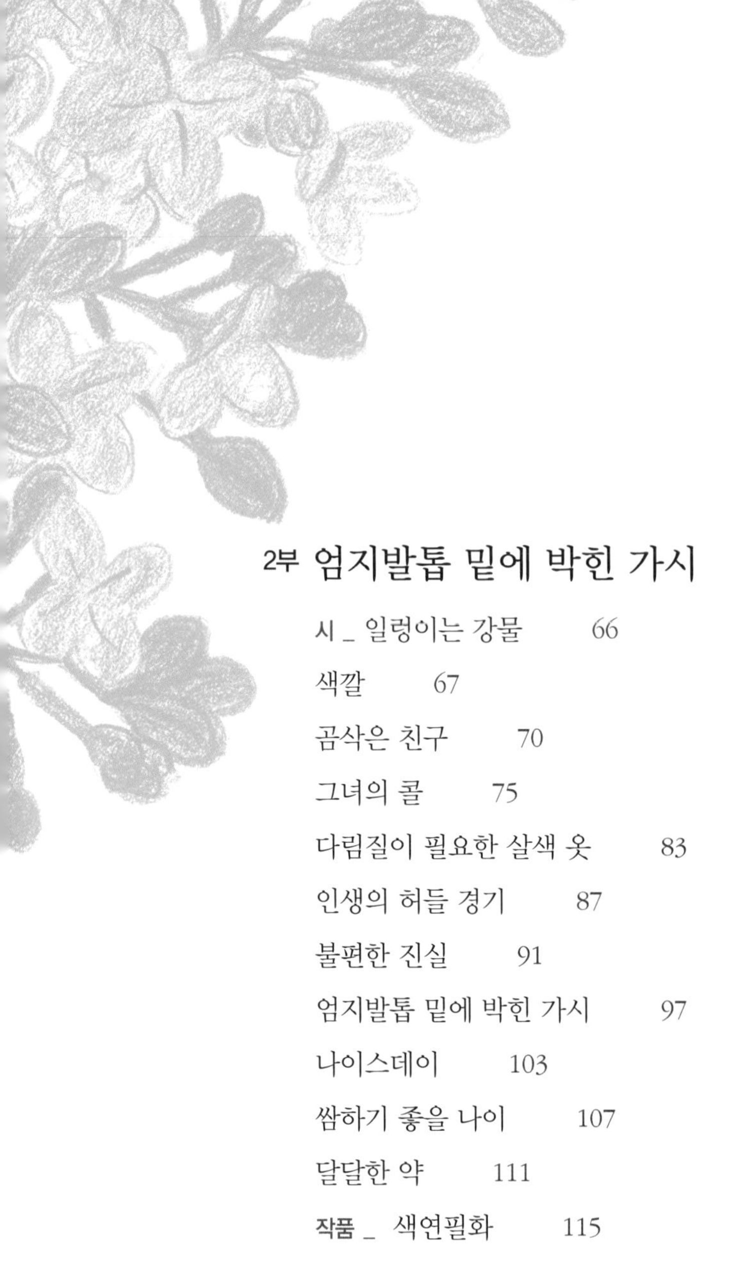

2부 엄지발톱 밑에 박힌 가시

3부 꽃비 내리는 소리

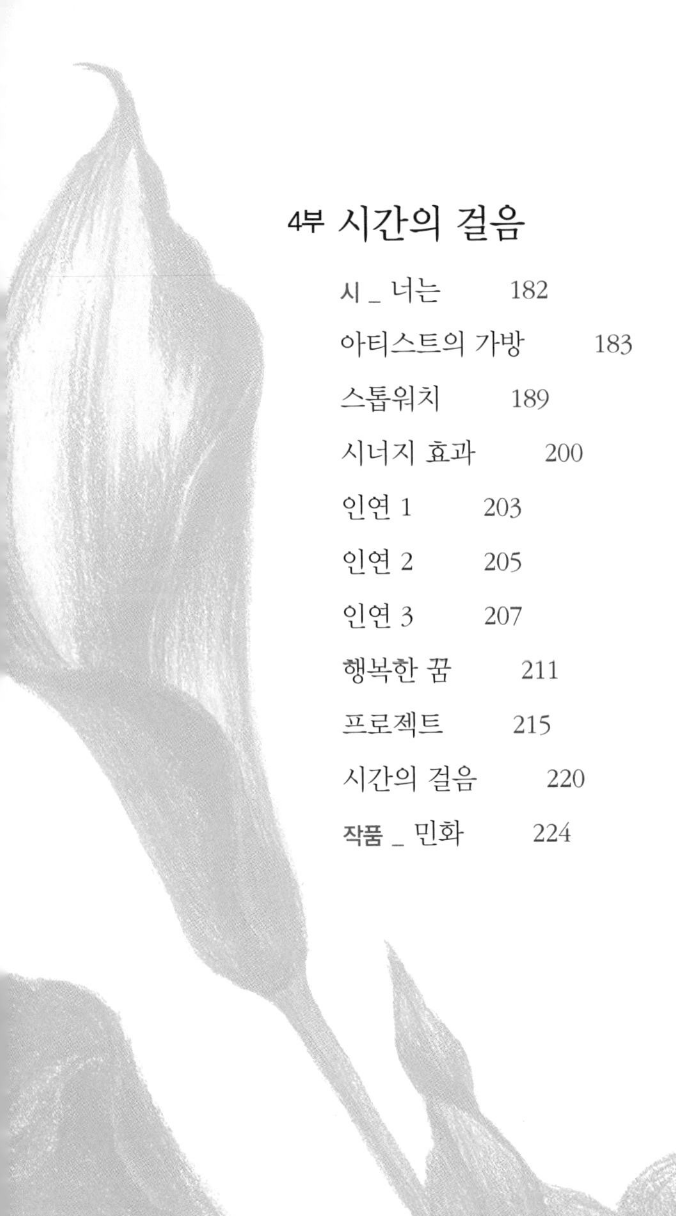

4부 시간의 걸음

5부 칠순을 축하합니다

1부 그녀의 이야기

사월의 숙제

서정순

쑥털털이가 생각나면
영락없는 사월이다
그리움인 양 스며드는 쑥내음

손짓발짓 해 가며 설명해도
도통 못 알아듣는 방앗간 아저씨
나의 세 번째 도전도
쑥백설기가 되었다

올 사월 다시 도전이다
쑥을 캐고 멥쌀을 담가
지인 찬스를 써 볼 참이다
사월의 숙제를 해 볼 참이다.

70, 내 생의 청춘

고희古稀는 '고래古來로 드문 나이'란 뜻이다. 칠순七旬은 십 년씩 일곱 번이 지났다는 말이다. 그리고 마음이 하고자 하는 바를 쫓아도 도道에 어긋나지 않는다는 '종심從心'도 70세를 일컫는 말이다.

반백의 머리카락과 넉넉한 몸짓을 보면 영락없는 칠순이지만 마음만은 아직 이팔청춘이라고 부르짖는 나는 환갑에 《60, 내 생의 쉼표》라는 첫 수필집을 냈다. 그 후 할 일을 다한 것처럼 일 년간 정말 띵까띵까 살았다.

그러고 나서 손녀 둘을 돌보게 되었지만, 틈틈이 문화센터를 드나들며 하고 싶은 것들을 배우곤 했는데 코로나19 때문에 잠시 멈춰야 했다. 하지만 나에겐 다른 계획이 있었다. 첫 수필집을

8년간 준비했다면 두 번째 책은 9년째 준비 중이었던 것이다. 칠순 생일까지는 시간이 남아 있다고 믿고 새로운 분야에 도전했다. 그 작업이 재미있어 글쓰기엔 여유를 부렸다.

3년 전 우리 세 자매는 제주에서 연말연시를 보내며 서귀포 '반화재'에 계시는 손광성 선생님을 찾아뵈었다. 그때 선생님이 왜 글을 안 쓰느냐며 나의 글 〈세신예찬〉을 칭찬해 주셨다. 그런 글은 너밖에 쓸 수 없는데 왜 게으름을 피냐는 것이었다. 선생님의 채찍과 당근에 마음을 다잡고 나의 속내를 내비쳤다.

"사실은 칠십에 2집을 내려고 해요. 제목은 '70, 내 생의 가을'로 하려고 하는데 어떨까요?"

그러자 선생님은 벌써 가을을 운운하느냐며 '청춘'으로 하라고 정정해 주셨다.

그렇게 제목은 정해졌는데 글이 손에 안 잡혔다. 창밖은 봄이지만 나는 아직도 겨울처럼 웅크리고만 있어 조급증이 났다. 졸갑증이라고도 하는 이 병의 치료법은 그냥 내버려두고 아무것도 하지 말라는데 자꾸만 마음이 급해졌다.

2년 전 갑자기 집이 답답하게 느껴져 이사를 해서 서재를 꾸미고 분위기를 바꿔 보려고 했다. 부동산을 들락거리다가 여의치 않아 15년 살던 집을 수리하였다, 작은방에 그림을 그릴 수도 있고 글을 쓸 수 있는 책상을 들였다. 하지만 책상 앞에 진득

하게 앉아 있지 못했다. 아침마다 딸네 집으로 출근하여 손녀들 등교를 시켜야 했기 때문이다. 그러면서 나처럼 손주들을 돌보는 할머니들과 어울려 놀다가 퇴근해서는 그림에 매달려 있으니 시간이 빨리도 지나갔다.

코로나 때문에 모든 수업이 중단되고, 손녀들도 학교에 가는 날이 불규칙하니 몸도 마음도 어수선하기만 했다. 글을 써 보려 했으나 손놓고 있던 자판은 더듬더듬, 마우스도 말을 안 듣고 머릿속은 텅 빈 듯해 진도가 안 나갔다.

그러던 중 민화 수업을 듣게 되었고, 거기에 푹 빠져들었다. 주 1회 수업을 듣고 집에 와서 4시간 이상 매달렸다. 눈에 보이는 결과물이 나오자 작품이 끝나기도 전에 다음 작품을 예약하는 지경에 이르렀다. 교수님의 개인화실에서 소수정예로 배우니 코로나도 우리를 막지 못했다. 일 년 이상 민화에 매달려 작품도 여러 개 만들었다. 모란이 핀 소반은 주문을 받을 정도이고, 작은 서재는 미니 갤러리가 되었다.

60대 마지막 생일을 보내며 생각이 많아졌다. 칠순에 스스로 약속했던 두 번째 수필집 준비가 코앞에 다가온 것이다. 게으름을 피워 글이 부족하면 그동안 배운 한지공예작품과 색연필화, 캘리그라피, 수묵화 등으로 꾸미고 싶다는 얘기를 듣고 낮은 목소리로 일갈하시던 손 선생님 말씀도 생각났다.

"10년도 못한 어쭙잖은 그림으로 수필마저 망치지 마."

그래서 문우들에게, 또 그림을 함께 배우던 지인들에게 칠십에 두 번째 수필집을 낼 거라고 공약처럼 말하곤 했다. 나의 결심이 무너질까 봐 다시 한 번 마음을 다잡기 위해서였다.

노트북을 새로 장만했다. 집에서는 물론이고 딸네 집에 출근하면서 노트북을 들고 가 끙끙거리는 시간이 많아졌다. 사실 내 생을 계절에 비유하여 '가을'이라고 한 것은, 낙엽이 되기 전 단풍 색깔이 가장 아름답듯이 그런 안간힘의 표현이라고 생각한다. 곧 눈 내리는 '겨울'의 문턱을 넘어야 하는 내 생의 '가을'. 그러나 한참 젊고 건강한 '청춘'으로 칠십을 맞이하고 싶다. '칠십은 청춘'이라고 빡빡 우긴다고 누가 나를 혼내지는 않겠지. 그래, 내 생의 '청춘'은 바로 지금이다. (2021)

유혹

막걸리 한 병을 샀다. 퇴근길 나를 유혹하는 낮은 도수의 알코올. 네 번의 환승에 두 시간이 걸리는 분당에서의 아르바이트를 마치고 집에 오면 기진맥진이다. 먹고 싶으면 먹고, 아니면 마는 싱글의 특권도 일할 때는 예외다. 원칙은 아니지만 힘들 때는 에너지 저장을 위해 끼니를 챙겨 먹으려고 노력하는 편이다. 그러나 오늘은 밥보다 알코올이 먼저 유혹한다.

따로 장을 보지 않았으니 묵은김치로 김치전을 할까 생각하다 그것도 귀찮아서 냉동실에 있는 고등어를 꺼내 부침가루를 묻혀 구웠다. 밥은 반 공기쯤, 막걸리 한 잔을 따라 놓고 식탁에 앉아 습관처럼 텔레비전에 눈이 갔다. 연속극에서도 혼자 반주를 곁들여 밥을 먹는다. 잔을 들어 그와 건배했다. 순간 피식 웃음이 나왔지만, 냄새가 근사한 고등어구이에 아삭거리는 고구마순 김치, 적당한 도수의 막걸리, 이만하면 성찬이 아닌가.

예전에 시댁에 가면 어머님은 광에 있는 술항아리에 용수를 박아 맑은 술을 표주박으로 떠내셨다. 입에 짝짝 달라붙는 가양주를 애주가인 남편은 유독 좋아했다. 새로 거른 술을 아들에게 따라주는 어머님은 얼굴에 홍조를 띠며 행복해하셨다. 표현에 익숙하지 않은 어머님의 사랑 표현이었다.

중독성이 있는 그 가양주가 시댁에서는 반주였다. 덕분에 나도 그 맛에 길이 들어 요즘 막걸리는 싱겁고 뭔가 부족한 듯하다. 그러나 건배를 하던 남편도 어머님도 세상을 뜨셨으니 이제 다시 가양주의 맛을 보기는 어려울 것 같다.

나는 또 다른 유혹에도 약하다. 우리는 단순 오락이라고 생각하지만, 남들이 말하는 화투놀이가 그렇다. 결혼 후 남편에게 배운 고스톱은 남편과 함께하는 저녁 놀이였다. 애주가 남편과 술상을 옆에 두고 둘이 맞고를 치면, 점당 100원으로 시작하여 200원, 500원, 점점 올라가 1,000원, 10,000원으로 상승하는 승부욕은 부부라고 예외는 없었다. 물론 아침이면 원위치가 되는 마음만 상하는 헛고생 놀이였다.

"아무도 유혹하지 않는 나이, 유혹해도 넘어가지 않는 나이"

라는 사십은 느닷없이 찾아왔고, 숨도 못 쉴 것만 같은 슬픔의 시간이 길었다. 또 오십을 "길섶에 피어 있는 들꽃 하나에도 뼛속까지 투명해지는 나이"라고 한 어느 시인의 말을 흉내도 못 내었는데 육십이라니. "하늘의 말귀를 알아듣는 나이"라는 이순耳順에 해야 할 숙제를 다하고 검사를 기다리면서도 주는 것보다 받고 싶은 욕망이 더 커서 외로움이 줄을 타고 오르내린다.

거미가 줄을 타고 올라갑니다
비가 오면 끊어집니다
해님이 방긋 솟아오르면
거미가 줄을 타고 내려옵니다

어여쁜 손녀가 부르는 노래처럼, 외로움이 줄을 타고 내려올 해님은 언제 솟아오르려나.

유혹은 "꾀어서 좋지 아니한 길로 꿤, 나쁜 길로 꾀다"라는 뜻이다. 그러나 유혹이라는 말은 꼭 나쁜 의미로만 쓰이는 것은 아니지 않을까. 갈 데는 없어도 마음이 바빠지는 날, 적당히 게으름을 피우며 여유를 가지면 되는데, 울리지 않는 휴대폰에 저장된 번호를 검색하며 끙끙거린다.

유혹하지 않고 유혹당하고 싶은 마음이 커져 갈 때 깜짝 놀랄

만큼 벨이 크게 울리고 '놀자', '한잔하자'는 유혹에 내 대답은 준비된 '예스'다. 사전의 유혹과는 다르다고 하하거려 웃지만, 또 슬프기도 한 하루는 그렇게 지나간다.

나는 돌아선 애인을 다시 꾀기 위해 병상에서도 죽을힘을 다해 자화상을 그렸다는 '프리다 칼리'처럼 절실하게 그림을 그릴 재주가 없다. 그래서 '내가 필요할 때 언제든지 달려와 줄 사람이 있었으면 좋겠다'는 꿈을 꾼다. 인생이 한 권의 책이라면 유혹은 부록이 아닐까. (2013)

그녀의 이야기

다른 날보다 길고 길었던 밤 이야기다.

그녀가 친구 집을 다녀온 날이었다. 집으로 돌아오는 차 안에서 편한 옷으로 바꿔 입은 친구의 바지를 그대로 입고 온 걸 알아채고 친구네 집으로 되돌아가 갈아입고 온 것보다, 가방을 정리하다가 친구의 충전기를 내 것처럼 뽑아 온 것이 더 기가 막혔다. 친구에게 미안한 마음보다 무서움이 몰려와 속울음을 삼키는 그날 밤은 다른 날보다 길고 길었다.

그녀가 어디로 갔었는지 모르는 이야기다.

점심 약속이 있어 온 식당. 겉옷을 벗어 놓고 앉으려는 순간 마주 앉은 그의 눈이 왕방울만 하게 커지며 그녀의 가슴에 고정

되어 있다. 살짝 기분이 상한 그녀의 시선에 그가 무안해하며 시선을 거둘 때, 그녀도 슬쩍 눈을 내리깔며 가슴을 보았다. 아뿔싸! 오늘따라 E컵처럼 보이고 옷은 타이트했다. 요즘 살이 쪄서 옷이 작아졌다는 궁색한 변명을 하고 서둘러 집으로 돌아와 그녀는 놀라기보다 당황했다. 외출복을 벗고 거들을 벗는데 또 브래지어가 있었다. 정장엔 거들을 입고 편한 옷을 입을 땐 브래지어를 하는데, 브래지어를 하고 또 거들을 입었으니 그의 눈이 왕방울만 할 수밖에 없었던 것이다. 집에서는 하지도 않는 것을 입고 또 입을 때 그녀는 도대체 어디 갔었단 말인가.

그녀가 인내하며 기다리는 이야기다.

공복 시간이 길어지면 머리가 아파오고 현실에서 4차원으로 오가는 순간이동을 기억하지 못하는 그녀는 지금 잠깐잠깐 아픈 것이 분명했다. 또 언제부터인지 무엇을 잡을 때 왼손이 떨리기 시작했다. 처음엔 그녀만 아는 미세한 떨림이었는데 시간이 지나면서 서서히 다른 이의 눈에도 느껴질 만큼 떨렸다. 그래도 오른손이 왼손보다 덜 떨리는 게 얼마나 다행이냐고 자위하는 그녀는 "왜 손을 떨어?" 하는 소리가 듣기 싫어 밖에서 식사할 때는 누가 먼저 찌개를 떠 주길, 고기를 구워 주길 인내하며 기다린다.

그녀의 변명과 반항 이야기다.

어울리기 좋아하고 권하는 술 마다않는 그녀에게 친구가 불쑥 "술 좀 줄여. 너 손 떨고 있는 거 아냐? 그러다 정말 큰일 난다" 하고 한마디 던진다. 물론 걱정되어 하는 말이겠지만 마치 알코올 중독으로 치부하고 종주먹을 들이대는데, 뇌경색 후유증이라고 일일이 변명할 수도 없고, 억울한 마음을 다스려 쓴웃음을 짓는 것으로 그녀의 반항은 거기까지다.

그녀가 의학적 용어를 싫어하는 이야기다.

현관문 번호키와 씨름하던 그녀는 할 수 없이 열쇠수리공을 불렀다. 그는 고장이 아니라 번호를 기억하지 못한 거라며 초기화시켜 주었다. 벌써 몇 번째인가. 숫자 일곱 자리를 기억하지 못해 휴대폰에 메모하고, 현관문을 덜 닫고 열쇠수리공을 부르고, 아예 활짝 열어 놓고 외출하여 배달 온 세탁소 아주머니의 전화를 받기도 했다. 아주 가끔이지만, 불쑥불쑥 찾아오는 불청객을 그녀는 의학적 용어로 맞이하기를 극도로 싫어했다.

그녀가 아주 조금은 슬퍼 보이는 이야기다.

확실히 그녀는 이상했다. 전철 환승역에서 늘 다니던 길인데도 멈춰 서서 이쪽인가 저쪽인가 더듬고 있다. 1호선 시청역에서 2호선 방향으로 걸어가 충정로와 성수, 신촌 방향 녹색 표지판을 빤히 올려보다가 방향을 정하지 못하고 고민하던 그녀, 화들짝 놀랐다. 11번 출구로 나가 집으로 가는 버스를 타면 되는데 꼭 환승을 해야 하는 것처럼 작동도 안 되는 더듬이의 촉각을 세우고 있었다. 생각과 행동이 무의식적일 때 어디로 가고 어디만큼 와 있는지, 또 얼마를 가야 하는지 알 수 없을 때, 그녀는 웃고 있어도 슬퍼 보였다. '웃픈'이라는 유행어가 생기기 전 이야기다.

그녀가 집을 나서는 이유에 관한 이야기다.

신은 한쪽 문을 열어 놓지 않으면 절대로 다른 쪽 문을 닫지 않는다고 한다. 그것처럼 누군가가 보내 주는 조심하라는 경고를, 지나간 뇌경색을 마치 예방주사처럼 생각하는 그녀를 살펴보았다. 좋아하는 책도 눈에 안 들어오고, 친구 같던 텔레비전도 위로가 되지 않는 그녀는 마치 눈먼 구렁이 갈밭에 든 것처럼 뛰쳐나가고만 싶어 주소록을 뒤적이며 적당한 상대를 물색하고야 만다. 안부를 묻다가 만나자고 유혹하고, 유혹을 당한 것처럼 당당하기까지 한 그녀다. 특히 주말에 혼자 있는 걸 견디지 못하고 집을 나서는 이유는 역마살이라는 병에 걸린 것이 분명했다.

외로우니까 사람이다.

“당하면 외로움이고 선택하면 고독이다. 외로우니까 글을 쓰고, 외로우니까 다른 사람의 고통을 이해한다”고 한 어느 시인의 말처럼, 당하면 외롭다. 외로우니까 사람인가, 사람이라서 외로운가. 그렇다고 선택한 고독도 달라지는 건 없지 않은가. 세상에 혼자 떨어져 있는 듯한 쓸쓸한 고독도, 외로움도 같은 뜻이거늘, 사람이라서 외롭다고 징징대는 그녀는 유행가 가사처럼 늙어 가는 것이 아니라 익어 가는 것이 맞을 것이다. (2012)

나의 봄

며칠 전 옷장 문을 열었다. 나는 옷장에 상의와 하의, 짧은 소매와 긴소매 그리고 즐겨 입는 주름옷을 각을 맞춰 반듯하게 정리하는 편이다.

뭘 입을까, 내일 모임 장소와 분위기에 어울리는 옷을 이리저리 입어 보다가 눈에 차지 않아 결국 옷을 다 꺼내게 되었다. 마지막으로 손에 잡힌 것은 보라 바탕에 분홍 꽃과 회색 잎사귀 사이로 큼직한 진보라색 꽃이 그려진 화려한 주름치마다. 복사뼈까지 내려오는 긴 치마를 꺼내 들고 20년도 더 지난 그때를 떠올렸다.

지금도 그런 편이지만, 젊은 사람들은 무채색 옷을 주로 입었다. 그러다가 화려하게 입으면 나이가 들어가는 거라고 놀리곤 했다. 기성복도 흔치 않았지만 체형을 살려 원하는 스타일의 옷을 즐겨 입던 나는 무채색에서 채색으로 물들이는 봄맞이 준비를 하고 싶었던 모양이다.

혼수 시장으로 유명한 부산진시장에서 여러 벌의 옷감을 떴다. 그중 하나가 이 주름치마다. 크고 화려한 꽃무늬 천을 가지고 주름을 잡아 주는 곳에 가서 맞주름을 잡아 양장점에 갖다주었다. 그리고 연분홍 상의와 다른 옷을 여러 벌 찾아다 놓고 나의 봄을 기다렸다. 채색 옷을 처음 장만한 것은 서울로 유학을 떠나는 딸과의 나들이를 염두에 둔 것이었다.

그러나 늙지도 젊지도 않은 어중간한 나이에 나의 봄날은 사라졌다. 진눈깨비가 내리던 3월 초. 남편과 영영 이별하는 황망 중에 그 옷들은 밖으로 나오지 못했다. 그해 9월, 딸과 함께 살기 위해 서울로 이사를 했다. 무채색 옷을 입고 채색 옷은 '언젠가 입겠지' 하고 박스에 넣어 낯설고 물선 곳으로 이삿짐을 옮겼다.

그 후 4년을 산 집에서 다시 이사할 때는 불어난 체중으로 지난 시간 속의 봄을 끌어안고 있는 채색 옷들은 하나도 입지 못하게 되었다. 수선조차 할 수 없을 정도로 작았다. 다른 옷은 모두 지인들에게 나눠 줬지만 이 주름치마는 차마 버리지 못했다. 그리고 또 잊고 있었다. 그러나 나는 화사한 꽃무늬 같은 봄을 기다리고 있었던 게 분명했다.

옷장 깊숙이 나의 잃어버린 봄날처럼 20년 이상 구겨져 있던 주름치마가 화들짝 달려들었다. 허리에 대보았다. 턱도 없었다. 26인치 정도 될까? 이런 때도 있었나 싶었다. 지금의 내 허리는 고무줄 사이즈가 되었으니 어쩌랴. 방은 이사 가는 집처럼 난장판인데 치우지도 않고 주름치마를 들고 수선집으로 갔다.

고무줄 허리로 변신한 주름치마는 반 뼘 정도 길이가 짧아졌지만 화려함은 그대로였다. 요즘 유행하는 골이 잔잔한 주름과는 다르다. 주름과 주름이 마주 보는 맞주름이다. 입고 걸음을 옮기면 크고 화려한 꽃이 살랑살랑 춤을 춘다. 새로 장만한 잔주름 검은 상의와 어울렸다. "연분홍 치마가 봄바람에 휘날리더라~"로 시작하는 노래가 저절로 나왔다. 치마 양 끝을 잡고 한 바퀴 휙 돌아보았다.

"꽃이 피면 같이 웃고 꽃이 지면 같이 울던 알뜰한 그 맹세"의 봄날은 이미 보냈다. 이제 우리는 서로에게 보상해도 되지 않겠는가. 그 시간을 잊은 듯 말짱하게 나타난 주름치마처럼 나도 나의 봄을 잡을 참이다.

외출을 했다. 꽃무늬를 보는 이마다 찬사를 아끼지 않는다. 20년 만의 외출이라는 설명에 깜짝 놀라며 짠한 미소를 짓는 이들에게 씩씩한 미소로 답할 수 있는 봄날이다.

화려한 주름치마를 입었다고 얼굴 주름을 감출 수는 없지만 덩달아 환해지는 얼굴과 온몸으로 유혹해 버린 봄과 사랑을 시작했다. 립스틱 색깔도 점점 짙어졌다. 흰 머리를 고수하면서 파마와 손발 관리를 받고 목욕탕 세신사에게 몸을 맡기는 사치도 즐기게 되었다.

안겨 오는 봄을 사랑하면서 멋있게 늙어 가는, 조금씩 익어 가는 여자가 되고 싶은 나는 나와 나의 봄을 사랑할 수 있어서 참 좋다. 그리고 누군가가 나의 봄을 함께 잡아 준다면 더 좋겠다.

(2016)

우리 가족의 외식

신문과 방송 그리고 인터넷에 우리나라 국민 넷 중 한 명이 1인가구라고 한다. 백화점과 대형마트, 온라인 쇼핑몰에는 1인가구를 겨냥한 상품이 쏟아져 나오고, 식당에 혼자 밥을 먹으러 가도 주변을 의식할 필요가 없다.

그리고 '나홀로족'에서 파생된 혼밥(혼자 먹는 밥), 혼술(혼자 마시는 술), 혼잠(혼자 자는 잠), 혼영(혼자 보는 영화), 혼생(혼자 하는 생활), 혼여(혼자 하는 여행) 등 신조어가 하루가 멀다하고 생겨나고 있다. 혼술에 '족'을 붙이면 혼술족이 되고, '혼여'에 사람을 붙이면 혼여사(혼자 여행 가는 사람)가 된다고 한다.

혼밥이 유행하기 전이었다. 만사가 귀찮은 날, 꼼짝하지 않고 있어도 배는 고프다. 밥은 하기 싫고 굶기는 왠지 억울하여 모자를 눌러쓰고 한가한 시간에 식당에 갔다. 말없이 검지를 들어 혼자라고 표시하는 나에게 식당 주인도 말없이 구석 자리를 가리켰다. 막 밥을 먹으려는데 친구에게 전화가 왔다. 대뜸 뭐하냐고 물었다.

"음, 우리 가족 외식 나왔어."

"너희 가족?"

"응. 우리 가족은 나 혼자니까 나만 나오면 우리 가족 외식이지."

박장대소하던 친구가 측은지심을 발동하여 애써 위로했다. 그러나 위로는 되지 않았다. 잠시 같이 웃었을 뿐이다. 나도 모르게 튀어나온 말에 눈이 동그라진 식당 주인 들으라고 한 말이지만, 내 가슴속에 저장되어 있던 그 어떤 것이 분명했다.

초등학교에 입학한 손녀의 알림장에 가족 구성원을 써 가는 난이 있었다.

"할머니, 우리 가족은 넷이죠?"

"아니지, 할머니까지 다섯이지."

부부 중심으로 아들, 딸, 손자, 손녀를 가족 구성으로 보는 의미를 설명해 주고 그 가족난에 당당하게 이름을 올렸지만, 사실 나는 혼생(혼자 생활)이다. '혼영'은 그런대로 괜찮다. 표와 커피

한 잔을 들고 예고편이 끝날 때쯤 들어가 자리에 앉으면 옆도 뒤도 신경 안 쓰고 영화에만 몰입하면 된다. 주변의 시선을 차단해 주는 어둠이란 커튼이 있으니 얼마나 좋은가.

혼술도 나쁘진 않다. 밖에서 내 나이의 여자가 혼자 술을 마시면 주위 사람들의 상상력을 키워 주게 되니 매력적이지 않다. 집에서 맥주잔에 소주와 맥주를 적당히 섞어 '소맥'을 만들어 텔레비전의 근사한 남자와 건배해도 누구의 눈치를 볼 필요가 없다.

우연히 지인이 만든 모주에 반해 그 자리에서 만드는 비법을 전수받았다. 식사 약속이 있는 날 막걸리에 개피와 생강, 배, 대추, 귤을 넣고 끓이다가 흑설탕으로 간을 맞춘 모주를 생수병에 담아 가지고 갔다. 대단한 솜씨라고 극찬했다. 양조장을 차리든지 특허를 내라고, 대박이 날 거라고 했다. 모주는 냉장 보관했다가 전자레인지에 1분 정도 데워 마시면 그 온도만큼 몸과 마음이 따뜻해지는 것 같다. 유난히 혼자인 게 싫은 날 위로가 되니 혼술은 나쁘지 않은 게 분명하다.

'혼여'는 어렵다. 수 년 전 한 달간 국내 여행을 계획했다가 갑자기 치과 치료 때문에 무산된 이후 다시 시도해 본 적은 없다. 어디론가 떠나고 싶은 날, 주소록을 뒤져 "가방 쌀래?" 하고 유혹의 메시지를 보내면 기다렸다는 듯이 가방을 싸는 그들은 혼자가 아니어도 내가 옆구리를 찔러 주길 기다리는, 늘 일탈을

꿈꾸는 그런 친구들이다.

텔레비전 프로그램 〈나 혼자 산다〉가 인기다. 《혼자를 기르는 법》이라는 만화책도 나오고 《혼자 잘 사는 법》, 《혼자 노는 방법》, 《여자 혼자 잘 사는 법》, 《사별 후에 혼자 잘 사는 법》까지 출판되어 광고를 때려댄다. 책을 사지는 않았지만 광고만 봐도 혼자 사는 게 신이 나야 한다는 이야기들이 아닐까.

그러나 혼자서 신이 나려면 책에는 없는 특별한 소스가 필요할 것 같다. 책에서 알려 주는 레시피에 첨가할 소스를 만드는데 익숙해지려면 얼마의 시간이 필요할까.

우리 가족의 외식과 우리 가족의 여행이 맛깔스러워지는 그날을 기다리며 나는 오늘도 '혼밥사'와 '혼술사'를 믹스하여 '혼여사'를 꿈꾼다. (2016)

숫자와 온도계

내 나이도 까먹고 있었다. 까맣게 잊었던 그의 나이가 생각난 것은 어젯밤이었다. 주일미사 후 함께 점심을 먹는 세례 동기들이 있다. 각자 내던 밥값을 한 분이 내겠다고 하여 이유를 물었더니 수줍은 소녀처럼 '칠순'이라고 했다. 왠지 익숙하게 다가오는 그 숫자. 손가락을 꼽았다. 나보다 다섯 살 많았다.

위령미사로 모시는 첫 기일 전날 밤이었다. 잠이 안 오고 생각이 많아졌다. 곰곰이 시간을 거꾸로 돌려보았다. 익숙한 '다섯 살'과 '칠순'이라는 숫자가 다가왔다. 아차, 그도 칠순이다.

갑자기 머리가 띵했다. 붙박이장 금고에 넣어 둔 보물처럼 하루는 짧고, 한 달은 금세 지나가고, 일 년은 현기증이 날 정도로 빠르다는 것이 실감 난다는 어느 분의 말처럼, 나도 그랬다. 그 빠름은 그에 대한 기억마저 쓸어 갔나 보다. 그는 산에 있고 나는 집에 있다는 핑계를 얼른 갖다붙여도 죄만스러웠다.

20주기였던 작년부터 그의 기일을 기억하는 사람들이 줄더니 위령미사로 모신다는 소문을 들었는지 올해는 거짓말처럼 아무도 없다. 지나간 시간을 퇴색시켜 버린 것에 대한 노여움이 비명을 질러대지만, 위령미사로 모시기로 한 나의 결심은 변함이 없다. 이유를 꼭 달지 않아도 무남독녀인 딸의 짐을 덜어주고 싶었다. 또 내가 세례를 받은 첫 번째 이유이기도 하다. 나의 형제들, 그의 형제들, 친정아버지의 기일과 같은 날이라고 그의 기일 때마다 전화해 주던 친구조차 기억하지 못할 만큼 세월의 무상함이 느껴진다.

그를 추모하고 기억하는 온도계가 있었다. 20년 동안 평균 온도를 유지하던 온도계가 바닥을 친다. 내려간 온도를 올리기 위해 여기저기 전화하여 기일이라고 하면 달려올 형제들이지만 그러고 싶지 않았다. 20주기 마지막 기일에 모였던 형제들은 찬성도 반대도 하지 않았지만, 딸이 말했다.

"엄마, 아빠는 천주교 신자도 아닌데 찾아오시겠어?"

그래서 "천주교 신자가 아니라고 못 찾아오면 귀신이니? 다 찾아오실 테니 걱정마" 했던 나의 말을 그들은 염두에 두었던 모양이다.

75년 약혼, 76년 결혼, 77년 출산 등 기억 속의 숫자에 의미를 부여하여 넣어 둔 기억의 창고는 각각의 온도들이 모여 온도계의 열기가 행복 지수를 높여 봄날의 긴 햇볕처럼 달짝지근했다.

많은 형제자매들이 모인 교중미사 때 신부님이 그의 이름을 호명하고 나도 그를 불러 함께하는 시간이다. 사실 그를 추모하는 데 많은 숫자와 온도가 필요한 건 아니다. 내 나이와 딸과 사위, 손녀들의 나이를 곱한 숫자만큼의 온도만 있어도 된다. 그 열기로 그를 추모하면 되는 것을, 웃고 싶으면 큰 소리로 웃고, 날 사랑하는 이를 또 사랑하면 되는 것을. 사람들에게 잊히고 있다는 것을 굳이 섭섭하게 생각할 그도 아니지 않는가.

나는 나를 토닥토닥한다. 그냥 그가 몹시 그리운 날이다.

(2017)

산실

체증을 앓는 것처럼 답답했다. 이 집이 살 때보다 여섯 배 정도 올랐다는 소문을 듣고 나서 생긴 증세다. 부동산 중개업소를 기웃거렸다. 하지만 우리 집만 올랐겠는가. 양도세를 내고 내가 원하는 평수로 가려면 경기도 쪽만 가능했다. 집을 옮긴다면 딸네 집으로 출퇴근하는 시간도 만만치 않을 것이다.

15년 전 이 집으로 이사 오면서 작은방은 딸 취향대로, 주방과 큰방은 내가 원하는 대로 리모델링을 했다. 끌고 다니던 짐들을 정리하면서 단순하게 살고 싶었다. 그런데 18평 공간에도 뭐든 들어오면 요술처럼 제자리를 잡았다.

이사를 할지 말지, 넉 달 이상 고민에 빠졌다. 부동산에서 그냥 그 집에 사는 것이 좋겠다는 말을 듣고 내린 처방은 집 구조 변경이었다. 함께 고민하던 딸이 말했다.

"후회 안 할 거지?"

"살던 집 인테리어 바꾸는 게 얼마나 힘든지 알지?"

"이제 엄마도 큰 집에서 살아 봐야지?"

"이 동네 지겹지도 않아? 팔고 다른 곳으로 이사하지?"

하지만 나는 살림살이를 정리하기 시작했다. 원래 나의 버킷리스트 1순위는 나홀로 여행이었다. 시간 날 때마다 여행을 떠났지만 늘 동행이 있었다. 한 번의 여행은 세 번의 즐거움을 준다고 하지 않던가. 그런데 지금은 순위가 바뀌었다. 당장 집 구조를 바꾸는 것으로. 갑자기 마음이 급해졌다. 수묵화 작업을 할 수 있는 작업대가 있었으면 좋겠고, 답답한 체증을 풀어 줄 처방도 필요했다.

딸이 출가하고 혼자살이 12년, 그런데도 갈수록 살림이 늘어났다. 철따라 정리를 한다고 해도 다 사연이 있어서, 아까워서 다시 넣어 두는 것도 많았다. 베란다부터 정리했다. 100리터 재활용 쓰레기봉투 개수가 늘어나는 만큼 피로도 쌓여 갔다.

집 정리 사흘 만에 허리 통증과 빈혈로 병원에 가서 링거를 맞았다. 딸네 집에 가는 것 이외는 아무것도 하지 않고 이틀을 쉰 다음 인테리어업자를 수배했다. 세 군데서 견적서를 받았으나 '아는 놈이 도둑놈'이라는 말을 실감하며 내가 직접 뛰기로 했다. 이삿짐센터, 도배, 페인트, 싱크대 등 철거와 주문 가구 업자를 따로 섭외하고 바닥을 교체하는 대신 입주 청소업체를 불렀다. 그리고 열흘간의 집 정리 대가로 한의원 신세까지 지고 말았다.

예전에 부산 살 때 이층집을 지어 본 경험이 있고 이 집으로 이사 오기 전 16일 동안 올 수리를 했었으니 일은 겁나지 않았다. 거침없는 나의 계획은 나가는 이사와 가구 철거 하루, 도배 하루, 페인트 하루, 싱크대와 주문가구 설치, 입주 청소 하루, 그리고 들어오는 이사 하루였다.

이 모든 일정을 업자들도 다 오케이 했지만 에어컨, 전등과 전기 공사하는 데 하루가 더 걸리고 도배가 끝난 후 천장을 보니 울퉁불퉁 엉망이었다. 풀기가 마르기 전이어서 그런가 보다 하고 다른 일이 바빠서 잊고 지냈다. 며칠 후 천장을 보니 그대로였고 다른 곳도 마찬가지였다. 페인트칠 하러 온 업자가 초배지를 바르지 않아 그렇다고 알려 주었다.

당장 도배업자를 불렀다. 평소에도 오피스텔 일로 자주 거래해 온 그는 구구절절 변명을 늘어놓았고, 나는 아주 조금 웃으면서 내가 만만하게 보였느냐고 했다. 그는 아니라고 손사래를 쳤다. 나의 반항도 거기까지였다.

쉽게 가려던 도배공 때문에 전등과 콘센트 교체 등 전기 공사가 미뤄지고, 그는 하루 일당을 손해 보고 나는 여러 날짜를 손해 봤다. 그리고 주문가구 때문에 또 도미노처럼 들어올 이삿짐, 입주 청소 등이 다 미뤄졌다. 결국 16일 만에 입주했다. 새집 냄새가 났지만, 창문을 다 열어 놓고 꿈도 안 꾸고 잘 잤다.

작은방에 방문, 책상과 책꽂이, 붙박이장을 철거하고 대신 긴 책상 두 개, 책꽂이만 들였다. 책상 하나는 컴퓨터와 프린트, 또 하나는 작업대가 되었다. 녹색 깔판을 깔고 작업대에 벼루와 붓걸이를 올려놓았다. 갖고 싶었던 작업대가 그럴듯했다.

서재와 작업실이라고 부르기에는 낯간지러운 작은방. 그러나 이곳은 지독한 산통도 잊게 할 나만의 산실청으로 거듭났다. 태어날 옥동자들이 벌써 궁금하다.

창문을 열고 작업대에 앉았다. 창문 넘어 보이는 북한산과 한강변도 녹색이다. 어느 시인의 "유월의 사랑"처럼 봄은 늦고 여름은 이른 모습으로 내 곁에 와 있다. (2019)

롤러코스터

우리 아파트 광장에는 수요일마다 장이 선다. 입구에 들어서는 순간 눈이 크게 떠졌다. 봄동이다. 잰걸음으로 다가갔다. 이 계절에 흔히 볼 수 있는 봄동을 호들갑스럽게 비닐봉지에 꾹꾹 눌러 담았다. 봄동으로 할 수 있는 요리는 다 해 볼 참이다.

집에 오자마자 겉절이를 해서 밥 한 그릇을 뚝딱 해치웠다. 엄마가 전수해 준 양념 비법은 언제 먹어도 맛깔스럽다. 혼밥이면 어떤가. 몇 개월 만에 느껴 보는 포만감으로 벌써 이렇게 행복한데.

그리움의 롤러코스터가 출발한 시점은 작년 7월이었다. 결혼식장 뷔페에 다녀온 다음 날 아침, 얼굴이 무거웠지만 어제

과식을 하고 또 더위 탓이려니 하고 무심코 거울을 보았다. 깜짝 놀랐다. 얼굴 전체가 벌겋게 부어 눈은 뜨고 있어도 감은 것 같았다. 언젠가 텔레비전에서 본 선풍기 아줌마가 생각났다. 모자와 마스크를 쓰고 가정의학과 의원을 찾았다. 소변, 혈액 검사와 의사의 문진이 있은 후 알레르기 주사와 약을 처방받았다.

검사 결과도 이상이 없고 차츰 가라앉아 다 나은 줄 알았는데 일주일 만에 롤러코스터를 탄 것처럼 오르락내리락 부었다 빠졌다를 반복했다. 피부과 전문병원에서 다시 검사를 했건만 결과는 마찬가지였다. 재진 또 재진을 받아도 주사와 약발이 떨어지면 소용이 없었다.

피부과 의사가 대학병원을 소개해 줘 또다시 검사를 받았다. 집먼지알레르기라며 빨래와 청소도 직접 하지 말고 외출할 때 반드시 마스크를 쓰라고 명령하듯 말했다. 60년 만에 최고치를 기록한 이 삼복더위에….

나름 깔끔한 체하고 산다고 생각하는데 억울하지만 의사 지시를 따를 수밖에 없었다. 청소업체를 불러 대청소를 하고 침구를 새로 바꿨지만 마찬가지였다. 그 의사에게 우롱당한 기분이 들었다. 정신적 소모와 경제적 지출에 화가 나서 의사를 찾아가 고함이라도 지르고 싶었다.

더위와 알레르기가 내 몸의 기를 다 빼앗아 가 땅속으로 꺼져

버릴 것만 같았다. 부었다 빠졌다 하는 얼굴 때문에 신경이 곤두섰다. 부은 눈꺼풀은 누우면 더 처졌다. 텔레비전을 보려면 손가락으로 눈꺼풀을 들어올려야 할 지경이었다. 웃을 수도 울 수도 없는 이 상황은 계속되었다. 밖에 안 나갈 수도 없고, 나가면 남들 눈치를 보게 되어 누가 묻지도 않았는데 내가 먼저 알레르기 때문이라고 변명을 했다.

딸은 손녀들 돌보느라 기력이 떨어져서 그렇다고 보약을 먹으라고 채근했다. 마침 지인이 용하다는 한의원을 소개했다. 나와 비슷한 증세가 있던 자기 딸이 그곳에 세 번 가고 완치되었다고 한다. 물어물어 찾아간 여의도에 있는 한의원 의사는 체질 개선으로 학위를 받은 박사였다.

검진 결과 나는 목음체질이라면서 보약은 나중에 먹고 체질 개선이 우선이라며 먹어서는 안 되는 것, 먹을 수는 있지만 덜 먹어야 하는 것, 먹으면 좋은 것 등을 ×, △, ○으로 표시한 음식 재료가 적힌 A4용지 석 장을 주었다. 그리고 이틀마다 침을 맞으러 올 때 먹은 음식을 체크하여 숙제처럼 검사를 받아야 했다.

바다에서 나는 모든 것, 멸치조차 금기였다. 나는 회는 물론 새우도 날것을 좋아한다. 고등어, 갈치, 오징어, 그뿐인가 뿌리식물인 우엉, 무, 연근, 더덕 외에 잎채소는 무조건 안 된다. 상추쌈이나, 배추김치, 열무김치, 겉절이는 또 얼마나 좋아하는데. 고추는 물론 고사리, 시금치도 안 되니 무얼 먹고 사냐고 한의사에게 투정을 부렸다. 그러자 뿌리 음식도 먹을 게 많다고 한의사는 손가락을 꼽았다. 소고기 위주로 뭇국, 불고기, 장조림 그리고 무나물, 무생채, 깍두기 등 자기네 부부도 목음체질이어서 그렇게 먹는데 사는 데 아무 지장이 없다며 쉽게 말했다.

피부과에서는 난치병이다, 재발이 되니 그때마다 병원에 와서 주사와 약으로 다스리라고 했는데 한의사는 치료와 식단을 병행하면 반드시 낫는다고 확신했다. 그녀의 말에 무조건 따르기로 했다. 그리고 일주일에 세 번 여의도로 달려가 머리에서 발가락 끝까지 수백 대 침을 맞으며 땅 위에서 나는 모든 잎채소와 바다군을 멀리하는 고행의 나날이 계속되었다.

9월, 약속된 서해안 여행을 떠날 때 반찬을 싸가지고 갔다. 더덕장아찌. 무장아찌, 장아찌 형제로만 밥을 먹었다. 해넘이와 해돋이를 보기 위해 4박5일 제주도에 갈 때도 말 잘 듣는 아이처럼 반찬 가짓수를 늘려서 싸 갔다.

독감으로 무척 아팠지만 친구들과의 약속을 지키려고 강행군한 여행은 입맛을 잃었음에도 식탐증에 걸린 듯 먹지 말라는 것만 눈에 들어왔다. 여행지 특산물을 먹지 못하는 나는 아무 재미도 없고, 그렇게만 먹어야 하는 식단이 생명 연장의 수단 같아서

최악의 고문이었다.

한방 치료 한 달이 지났을까, 잠잠하던 얼굴이 다시 붓고 벌겋게 되어 힘들다고 했더니 한의사는 낫는 데는 사이클이 있으니 양약을 금했다. 인내심을 가지고 불편한 한방 치료 3개월이 지났는데 갑자기 따끔따끔하던 자리가 딱딱해지고 피부색이 변하면서 각질처럼 허옇게 일어났다. 더러워서 볼 수가 없었지만 사흘을 또 참았다. 인내의 한계는 거기까지였다.

다시 피부과 병원을 찾아갔다. 의사에게 그동안 해 온 한방 치료와 금기 식단에 대해 이야기했더니 '피식' 하고 웃으며 말했다.

"한의사가 뭘 압니까. 사우나 가지 마시고 금주하시고 아무거나 다 드십시오."

나는 한의사와 양의사 사이를 오가며 가정의학과에서 피부과로 대학병원, 한의원으로 돌고 돌아 다시 피부과로 롤러코스터를 타고 순례했다. 링거와 주사, 약으로 서서히 나아졌다. 어느 곳의 치료가 효과를 본 것인지는 모르겠으나 7개월 만이다. 얼굴에는 고난의 흔적이 역력했지만, 금기 식단에서 해방되어 만세 삼창이라도 부르고 싶었다.

지금은 괜찮지만 아직 숨어 있는 것이 분명한 활화산 같은 알레르기가 나타나면 또 병원에 가야 한다. 내 얼굴에도 완연한 봄이 오기를 기다리며, 소금물에 담갔다가 꺼낸 봄동으로 전을 부쳐 먹고 또 먹었다. 이제 묵은지도 쭉쭉 찢어 밥 위에 얹어 먹을 참이다. 먹지 말라고 했던 것, 그래서 더 먹고 싶었던 것. 식욕은 롤러코스터처럼 출발했던 자리로 되돌아오는 중이다.

(2018)

예뻐지고 있다

마른장마에 매미 소리마저 허우적대는 듯한 8월 첫째 주 일요일. 6개월간의 교리 공부를 마치고 쫑파티를 하는 날 교리 공부를 하게 된 동기에 대해 말하는 순서였다.

"제가 처음보다 예뻐지지 않았나요? 요즘 주변에서 예뻐졌다는 말을 많이 듣습니다. 저는 영문을 모르겠다는 표정을 지으며 미소로 답하지만 얼굴이 밝아진 걸 보면 저도 느낍니다. 성형했냐는 소리까지 듣는 걸 보면 예뻐진 게 분명합니다. 여러분도 그렇게 보입니다. 그렇게 느끼신 적 없나요?"

내 말이 끝나자 모두 밝은 표정으로 박수를 쳤다. 교리 공부를 하면서 무엇을 알고, 무엇에 가까이 가려고 노력하는 모습,

서로서로 대견하게 여기는 성취감이 눈에 보였다.

2년 전 시어머니 장례식 때, 내 일처럼 도와준 성당 봉사자 분들에게 큰 감동을 받았다. 죽음은 자식들이 많아도 쓸쓸했다. 숨을 크게 들이쉬며 장례식장에 오도카니 앉아 나의 죽음을 생각했다. 무남독녀인 내 딸이 얼마나 힘들고 외로울까. 그때 당장 성당에 다녀야겠다고 생각했다.

그러나 결심과는 달리 어머님 첫 기일이 지나고 나서야 가양동성당을 찾아가 등록했다. 예비자 교육 날짜를 기다리는 동안 나는 이 결심을 소문냈다. 나의 의지가 무너질 것을 염려해서였다. 주변에는 의외로 많은 사람이 반기며 자매님이라고 불러 주었다. 어색하고 겸연쩍었지만 듣기에 좋았다.

하느님은 볼 수도 만질 수도 없지만 체험할 수는 있다는 봉사자님의 말씀으로 교리 공부가 시작되었다. 일요일 오전 9시 20분에 시작하여 11시 교중미사에 참석, 예비신자 자리에 앉아 앞사람을 따라서 앉았다 섰다를 반복했다.

"하느님의 존재를 믿어?"

"응? 아니."

이렇게 질문하는 친구의 눈을 슬쩍 피했었다. 친구는 딱하다는 듯한 눈으로 나를 쳐다봤다. 미지의 세계를 탐험하는 호기심이 크게 없었던 건 오래전 장로교회를 잠깐 다닌 적이 있기 때문인지도 모른다. 하느님의 존재를 반신반의하고 있는데 그런 질문은 순전히 나의 사기를 꺾자는 의도였는지도 모른다.

그러나 빨간 비즈를 하나하나 꿰어 묵주 팔찌를 만들어 주며 격려해 주는 친구도 있었다. 신부님의 축성을 받아 늘 차고 다니지만 묵주 기도에 익숙하지 않아 아직은 그냥 예쁜 팔찌다.

영화 〈Son of God〉을 혼자 보러 갔다. 그 후 교리가 조금씩 이해되었지만, 여전히 하느님을 알지 못한 채 숙제로 내준 마르코복음서 16장과 주요 기도문을 필사했다. 늘 제자리걸음 같았으나 수확도 있었다. 예비자 교육을 함께한 식구들과 정이 들었다. 아침저녁 같이 산책을 하고 맛난 음식을 나누어 먹는, 친형제자매처럼 허물없는 사이가 되었다. 서로의 호칭을 형제님, 자매님이라 불러도 어색하지 않게 되었다.

"주님의 은총입니다. 성령 충만입니다."

농담처럼 웃으며 말하지만 진심을 담았다는 걸 우리는 감추지 않았다.

주변에서 예뻐졌다는 말을 들을 때마다 오래전 어느 분의 말씀이 생각난다.

딸을 수녀원에 입회시키고 집으로 돌아오면서 펑펑 울었다고 한다. 늘 가슴 한켠이 시렸는데, 서원식 때 예뻐진 딸과 똑같이 닮아 보이는 동기들을 보고 모두 예뻐 보인다고 했더니 "저희는 욕심을 버리고 오직 한 분을 같이 섬기기 때문에 같은 얼굴이 되어 그렇게 보입니다" 하며 행복해하는 딸에게 그제야 수녀님이라고 부르며 웃을 수 있었다는 것이다.

사촌이 땅을 사도 기쁘고, 상대방에게 밥이 되어 주는 것도 사랑이라고 한다. 세례는 성형 수술과도 같은데, 긍정적이고 활기찬 모습이 되어 돈 안 들이고 아프지도 않고 예뻐진다는 것이다. 또 세례는 운전면허증과 같아서 장롱에 넣어 두면 장롱면허가 되고 운전을 하면 생활이 편해지는 것처럼 세례 역시 생활의 일부분이 되어야 한다고 배웠다. 사랑 만능시대에 머리로는 받아들이지만 아직 가슴으로 사랑을 표현하는 방법에 서투르다.

이제 이틀 후면 세례를 받는다. 나는 세례명 '로즈마리'로 다시 태어날 것이다. 책임과 의무를 갖게 되는 세례식, 두렵기도 하고 기대도 된다. 외모가 변하는 것은, 주말이면 밖으로 나돌던 행동반경이 교리 공부를 위해 줄어들고, 기쁨과 슬픔, 믿음과 배반이라는 마음의 사거리에서 사랑의 길을 새로 만들어 주는 내면의 변화에 있는 것 같다. 두려움보다 사랑으로 계속 예뻐지고 있다는 사실을 나는 기쁘게 받아들인다. (2014)

행복한 마음

문화센터에서 캘리그라피를 배우기 시작했다. 그러던 어느 날 문우들 단톡방에서 "날은 저물어도 그리움은 저물지 않는다"라고 쓴 작은 액자 하나를 발견했다. 거기엔 목을 삐딱하게 꼬아 그리움이 저물지 않았다고 온몸으로 말하는 앙증맞은 여자 그림도 있었다. 몇 달째 비슷한 글씨 체본을 받아 연습하는 게 지루했던 내 눈이 커졌다. 내가 쓰고 싶은 글씨, 그리고 싶은 그림이 거기 있었다.

작가가 누구인지 궁금했다. 작가 연락처를 수소문해 그녀의 작품이 걸린 전시회장을 찾아갔다. 서촌에 있는 대오서점, 서울에 그렇게 작은 책방이 있다는 것이 신기했다. 나는 몰랐지만 이 서점은 6백 년 역사를 가진 서울에서 가장 오래된 곳으로 꽤 유명했다.

나지막한 한옥만큼이나 서점엔 낡은 책과 작은 테이블이 4개 있었다. 책방보다는 찻집 분위기였는데 차를 주문해야 의자에 앉을 수 있는 곳이었다. 다닥다닥 붙어 앉아 몸을 살짝만 돌려도 작품이 한눈에 들어왔다.

윤보영 시인의 시를 쓴 캘리그라퍼들의 작품을 감상하면서 감성적인 시어와 이름만 보고 여자인 줄 알았는데 남자라서 조금 놀랐다. 서점 주인의 허락을 받고 먼저 그 액자를 만든 지음 선생의 작품을 카메라에 담았다. 그리고 작가들의 명찰을 눈여겨보다가 지음 선생에게 다가가 인사를 하며 이곳까지 오게 된 사연을 말했다. 그녀는 무척 반가워하며 소녀처럼 해맑게 웃었다. 우리는 친한 척 함께 사진을 찍고 윤보영 시인과도 인사를 나눴다.

지음 선생과 가까워지고 싶은 나는 선생의 작품세계로 들어가기로 했다. 같이 캘리그라피를 배우던 두 사람과 셋이서 일주일에 한 번 특강을 들으며 진짜 친해졌다. 그리고 지음캘리마을 밴드에 가입하고 밴드에서 주최하는 전시회에 참여하게 되었다. 창작의 어려움은 있었지만 기성 작가들과 함께할 수 있는 것만으로도 고맙고 뿌듯했다.

집에서 짬짬이 연습을 해도 그 작가들을 따라가기는 역부족이었다. 그러던 중 '윤보영 파주 플레이랜드 항아리 시화 프로젝트'에 참여하겠다고 덜컥 손을 들었다. 사다리 타기로 배정받은 시 〈당신을 보다가〉를 붓펜으로 쓰고 또 쓰며 연습했다.

'캘리로 여는 시화 창작소'라는 밴드는 항아리 시화 프로젝트에 참여하는 작가들의 모임방이다. 사랑을 알고 사랑하는, 마치 내가 하고 싶은 말을 미리 알려 주는 윤보영 시인의 감성시를 항아리, 천, 나무, 돌에 써서 전시하고 항아리에는 꽃을 심을 모양이다. 테마파크 플레이랜드는 캘리로 새롭게 조성되어 시를 통해 여러 사람에게 사랑과 행복과 위로를 주는 공간이 되고 캘리그라퍼들의 메카로 조성될 예정이다.

진행요원과 참여 작가 60여 명의 단톡방이 생기고 날마다 밤낮 없이 주의사항이 톡톡거렸다. 마음이 심란했다. 이제 겨우 붓펜이 익숙해지려고 하는데 젯소, 아크릴 물감, 페인트 등 생소한 재료들도 낯설고 항아리와 나무에 붓으로 글을 써야 한다는 부담감이 몰려왔다. 오직 내가 믿는 건 어느 시인의 156쪽짜리 시집을 붓펜으로 써서 선물한 경험뿐이었다.

행사 전날 미리 가서 준비된 100여 개의 항아리 중 마음에 드는 것을 골라 젯소를 바르고 드라이어로 말렸다. 그런 다음 핑크색을 밑에서부터 진하게 그리고 점점 연한 색으로 덧칠하여 밑작업을 했다. 그것만으로도 보기 좋았다. 나무판도 두 개를 골라 이름을 써서 항아리 위에 두고 왔다.

행사 날이다. 항아리를 눕혀 두 다리와 왼팔로 감싸 안았다. 처음 접하는 아크릴 물감은 감이 오지 않아 내 생각처럼 글씨가 써지지 않았다. 둥근 항아리는 이리저리 움직였다. 정신을 차릴 수가 없어 쩔쩔매는데 누군가 나무젓가락 2개를 갖다 주었다. 항아리 밑에 받치면 덜 움직일 거라는 그의 말에 고맙다는 인사조차 제대로 하지 못할 만큼의 긴장감. 한 자라도 틀리면 낭패였다. 모든 신경은 붓을 잡은 오른손 끝에서 곤두섰다.

누가 다시 말을 걸어왔다. 물감을 물로 희석해서 쓰라고. 힐끗 쳐다봤다. 나무젓가락을 준 그는 카메라를 들고 취재 나온 기자 같았다. 그가 사진을 찍으며 물었다.

"작가님, 어떤 마음으로 글을 쓰십니까?"

"행복한 마음으로 쓰지요."

"작가님 얼굴을 보면 하나도 행복해 보이지 않습니다. 행복한 마음으로 쓰세요."

"아, 네!"

실수 없이 작업을 끝내고 나오는데 그가 나를 불렀다. 내 항아리 작품 앞에서 내 휴대폰으로 사진을 찍어 주겠다고 했다.

"행복하게 웃으세요!"

그의 주문에 나는 정말 행복해 죽겠다는 표정을 지었다. 아마도 참여 작가 중 내가 제일 나이가 많아 보여 측은지심이 발동했나 보다. 그의 덕분에 내 전화기에는 행복에 겨운 여자가 저장되어 있다.

"혼자 하면 기억이 되고 함께하면 추억이 된다"는 말처럼 함께 만든 추억은 행복한 마음으로 가는 징검다리가 될 것이다.

(2017)

캘리그라피

내 삶에 그대가 있어 참 다행입니다
福

내 마음은
봄, 한창이라오

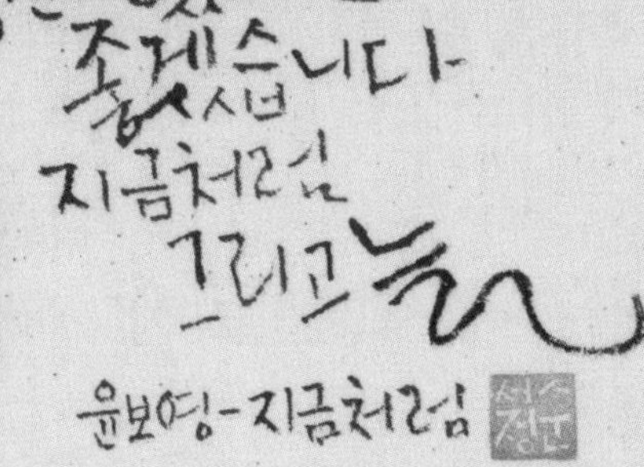
차 한 잔을 마셔도
문득, 마저 생각나는
사람이
당신이었으면
좋겠습니다
지금처럼
그리고 늘
윤보영 - 지금처럼

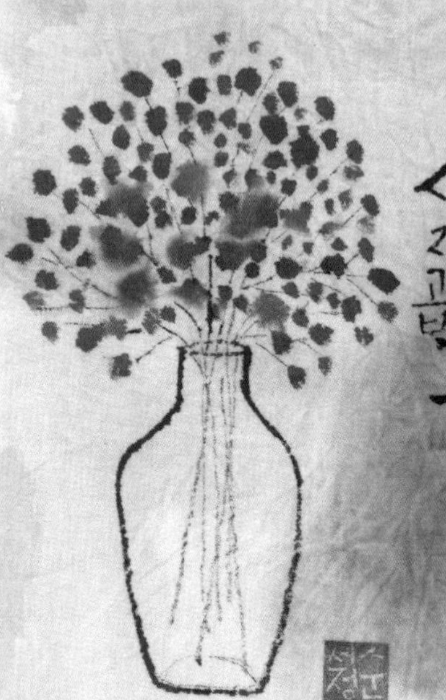
사랑합니다
가지런에 이 말을
곱게 포장했습니다
꿈속에서 만나면
그대에게
주기 위해서
윤보영 선물
하심서 정순 쓰다

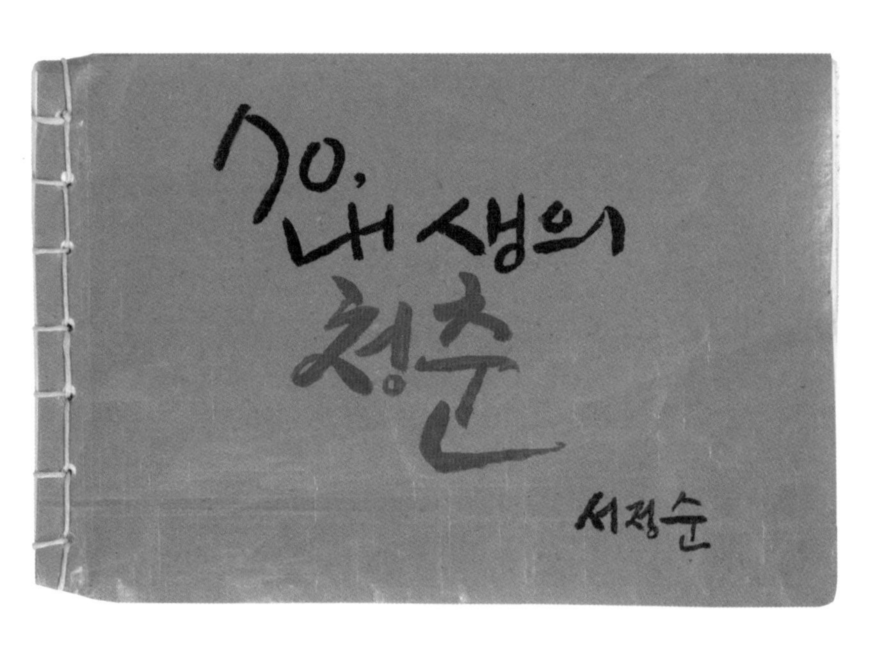
70, 내 생의
청춘
서정순

아직도 나는
청춘이다

2부 엄지발톱 밑에 박힌 가시

일렁이는 강물

서정순

저녁나절 한강 고수부지 산책길
일렁이는 강물 위에
이름 모를 새 떼
물결을 타고 있다

마라톤을 연습하는 남자의
고르지 않은 숨소리도
자전거 행렬의
페달 밟는 소리도 물결이다

꽃샘바람에 시려오는 가슴
일렁이는 강물 되어
그리운 새를 불러
함께 출렁이고 싶다

색깔

너에게 묻는다
연탄재 함부로 발로 차지 마라
너는
누구에게 한 번이라도 뜨거운 사람이었느냐.

안도현 시인의 짧지만 큰 울림을 주는 시다. 해마다 연말이면 연탄 나르기 봉사가 펼쳐지고 아직도 연탄을 때는 사람들이 많아 작은 손길이 따스함을 전달하는 뉴스를 볼 때마다 이 시가 생각난다.

몇 년 전 서울시립미술관에 가기 위해 시청 앞 전철역에서 덕수궁 돌담길을 따라 걸어가고 있었다. 미술관으로 올라가기 전

발길을 멈추게 하는 것이 있었다. 하얀 연탄 탑이었다. 마치 그 연탄이 피워 올린 듯 연탄 구멍에 형형색색의 장미꽃이 만발했다. 장미 탑이라고 불러도 좋겠지만, 작가의 의도를 엿볼 수 있는 오브제였다. 장미꽃도 피워 올릴 수 있는 연탄의 따스함과 어떤 메시지가 강하게 느껴졌다.

모든 사물이 그렇듯 연탄에도 일장일단이 있다. 연탄가스중독, 저승사자… 그런 기사가 신문에 심심찮게 보도되던 나의 여고 시절, 읍내에서 동생과 자취를 했다. 여름방학이 끝나고 2학기 개학 하루 전에 자취방으로 돌아온 날, 비워 둔 방이 눅눅하여 연탄불을 피웠다가 곤욕을 치른 적이 있다. 뽀송뽀송해진 방에서 잠이 들었다가 심한 두통과 구토 증세에 눈을 떴으나 손발이 움직여지지 않았다. 옆에 잠든 동생을 깨워 엉금엉금 기어 마당으로 나가 드러누웠다. 그 와중에 떠오른 생각은 땅 냄새를 맡아야 한다는 것이었다. 주인집 아주머니가 놀라서 김칫국물을 가져오고 야단법석을 떨고서야 정신을 차릴 수 있었다.

그리고 딸아이가 막 돌을 지났을 때다. 남편은 제주도로 겨울 낚시를 가고, 다니러 오신 시어머니와 딸아이와 셋이 한방에서 잠이 들었는데 딸아이 우는 소리에 놀라서 깼다. 그런데 정신이 혼미하고 기운이 없었다. 겨우 정신을 차리고 아이를 안아 올리며 소리를 질러 시어머니와 함께 마당으로 나갔다. 그리고 옆방에서 자던 시동생을 깨워 119 신세를 진 적이 있다. 시어머니는 늘 손녀딸이 우리를 살렸다고 어린 것을 칭찬하시곤 했다.

단점보다는 장점이 더 많은 연탄인데 단점부터 들춰내는 건 내가 고생한 기억이 강해서 그럴 뿐이다. 나와 같은 세대라면 연탄을 예찬하고 또 해도 모자랄 것이다. 작가 박완서는 〈50년대 서울 거리〉에서 "물이 끓고 필요할 때면 언제나 불을 쓸 수 있는 연탄아궁이는 나일론 양말 못지않은 복음이었다"고 했다. 또 안도현의 시 〈연탄 한 장〉에 나오는 풍경은 〈그때 그랬지〉라는 텔레비전 프로그램의 풍경과 같다.

연탄은 세 가지 색깔을 가지고 있다. 첫 번째는 연탄의 대명사 검정이다. 두 번째는 남을 위해 나를 불사르는 빨강, 세 번째는 모든 것을 다 내어주고 남은 흰색이다. 검정, 빨강, 흰색을 담은 안도현의 시처럼 나는 누구에게 한 번이라도 빨강으로 뜨거운 적이 있었을까? 아니, 하얀 연탄을 함부로 대한 적이 많았던 것 같다.

한때는 연탄에 의지했던 삶이 기름, 가스보일러로 편해진 지금도 누군가에게는 생업과 생존의 에너지로 연탄은 빨갛게 활활 타오르고 있을 것이다. (2021)

곰삭은 친구

내 휴대폰에 저장된 연락처는 569개다. 우리 사 남매와 친척, 딸네 식구, 학연, 지연, 사회 친구, 전국 여행지 맛집, 여러 문화센터에서 만난 동기들, 성당 식구 등 꼭 필요한 연락처다. 그중에 53년 계사년에 태어난 뱀띠 동갑 전화번호가 따로 분류되어 있다.

나는 1976년에 결혼하여 부산에서 20여 년을 살았다. 그런데 남편이 세상을 떠나고 딸아이가 서울에서 대학을 다니고 있어 1996년 서울로 이사를 왔다. 부산에서 익숙했던 것들이 서울에서는 낯이 설어 정착하는 데 시간이 걸렸다. 그땐 휴대폰이 유행하기 전이고 집전화도 기본요금에 시내전화, 시외전화 요금이 따로 계산되었다. 까마득한 옛날이야기 같지만 불과 26년 전

이야기다.

딸이 학교에 가면 혼자 있는 시간이 많았다. 처음에는 동생들과 자주 만나고 고향 친구, 학교 친구들도 봤는데 각자 일이 있으니 만나 달라고 보챌 수도 없었다. 무료함을 못 견디는 성격 탓일까, 부산 친구들에게 시외전화를 걸기 시작했다. 한번 수화기를 들면 시간가는 줄 모르고 붙들고 있었다. 어느 날 전화요금 고지서를 본 딸이 나무라듯 말했다.

"엄마, 가정주부가 전화요금이 12만 원이나 나오면 너무한 거 아니야?"

처음에는 머쓱했으나 며칠 조심하다가 곰곰 생각해 보았다. 12만 원을 30일로 나누면 하루 4천 원인데 통화할 시간에 외출한다면 그 돈만 쓸까? 스스로 변명인지 위로인지 고민하다가 딸에게 얘기했더니 "엄마 맘대로 하세요" 하고는 그만이었다.

남편이 쓰던 휴대폰이 있었으나 이사 오면서 시동생에게 주었다. 얼마 후 동생이 소개한 외국 회사에 아르바이트를 시작하면서 휴대폰을 샀다. 일을 몰아서 하면 한 달에 일주일면 되니 내가 심심해 보였는지 딸이 문자 보내는 걸 가르쳐 주고, 컴퓨터로 하는 한게임 고스톱을 알려 주었다. 문자를 보낼 데가 없어 딸에게 보내면 답장이 와 반갑고 신기해서 또 보내곤 했다.

그 외 시간은 한게임에 매달리다시피 했다. 겨우 컴퓨터를 켜고 게임을 하다가 끄는 방법밖에 몰랐던 내게 이변이 생겼다. 게임 중에 초대장이 날아와 클릭했다. 순식간에 뱀띠들이 있는 채팅방에 들어가게 되었다. 자판에 익숙하지 않은 나는 반갑게 인사하는 그들에게 답을 빨리 할 수가 없었다. 다 이해한다고 다독거리는 온라인 친구들을 그렇게 알게 되었다. 벌써 18년 전 일이다.

띠동갑이라는 동지의식 때문일까, 금방 친해졌다. 언제든지 온라인으로 대화를 할 수 있고, 주고받은 전화번호로 생면부지의 친구들과 통화를 할 수 있으니 재미난 신세계였다. 그러다가 정식 모임방을 만들고 오프라인 모임을 갖게 되었다. 20명 회원은 전국에 흩어져 살았지만 이 채팅방에서만은 옆에 있는 친구, 앞에 있는 친구처럼 격의 없이 친해졌다. 남녀 구분 없이 그냥 친구였다. 그러나 우리가 순수한 모임이라 해도 사회적 시각은 곱지 않았다. 어디서나 사건 사고는 발생하지만, 채팅으로 빚어지는 크고 작은 문제들이 그때는 사회적 이슈이기도 했다.

특히 남친들 배우자들이 싫어했다. 하지만 지방에 사는 친구들을 만나러 가고 지방 친구들이 서울 모임을 오가며 오랜 시간이 지나도 우린 아무 말썽도 나지 않았다. 경조사에는 누구보다 앞장서서 도우려 하는 우리를 보고 이제는 그들의 배우자들도 이해하고 안부를 묻는다.

물론 사적 목적을 가지고 모임에 들어온 친구들도 있다. 그런 것이 한눈에 보였다. 한 달에 한 번 열리는 정모에서 자기의 목적을 이루지 못해 스스로 탈퇴한 친구도 있다.

한게임도 없어지고 덩달아 채팅방이 없어진 지 오래다. 닉네임보다는 실명으로 부르는 정회원 10명이 남아서 18년을 한결같이 아픔도 즐거움도 함께하고 있다. 성격도 아롱이다롱이지만 서로 배려하는 마음은 여전하다.

사는 것도 고만고만하다. 누가 잘 살고 누가 못 살지도 않는다. 그냥 밥은 먹고 산다는 말처럼 그랬다. 18년 세월 동안 남편과 사별하고 또 암으로 투병한 친구, 아들을 가슴에 묻은 친구, 부모님을 산에 모신 친구, 자녀들 결혼으로 희비가 엇갈리는 순간들이 지나갔지만 우리는 함께 울고 함께 웃었다.

그중에서 강서구 쪽에 사는 다섯 명은 지금도 잘 만나고 있다. 한 친구가 밥을 사면 다음에는 또 다른 친구가 산다. 본인 생일에도 밥을 사 주고 축하를 받는다. 2년 동안 코로나19에 발목을 잡혀 자주 만나지 못해도 잘 지내고들 있으니 그저 고마울 수밖에.

그리고 얼마 전 한 친구가 오랜만에 우리를 양주 염소 고깃집으로 초대했다. 그때 10명이 모여 다시 단톡방을 만들고, 당진 사는 친구 초대로 당진도 다녀왔다. 단톡방에서 매일 안부를 주고받으며 맛있는 게 있으면 갖다 주고, 좋은 곳이 있으면 함께 가고 싶어 하는 진국들이다. 특히 철따라 몸에 좋은 야생초로 김치를 담고 장아찌를 담가 나눠 주는 진숙이. 나는 또 그 친구 자랑을 하며 여기저기 나눠 먹는다. 친정 언니처럼 푸짐하게 퍼주는 그녀가 나에게 수줍게 한마디했다.

"나는 작가 친구 있다고 늘 자랑하고 다닌다. 언젠가 글 쓸 때 내 이야기도 써줘."

나는 흔쾌히 약속했다. 그 약속을 지키려고 뱀띠 친구들 이야기를 쓰고 있다. 이제 우리 뱀방 친구들과 7호선에 함께 승차했다. 7호선이라고, 새해라고 달라질 건 없다. 작년 같은 올해이고, 어제 같은 오늘일 뿐. 우리는 음력으로 나이를 치자 하면서도 하나둘 아픈 곳이 생긴다고 노래 부르듯 목청을 높인다. 하지만 아직은 청춘 아닌가. 아마도 죽음이 갈라놓을 때까지 우리는 그렇게 곰삭은 친구로 살아갈 것이다. (2022)

그녀의 콜

지난해 7월이다. 대전에 사는 정숙이는 서울 행차에 천안의 태현이와 수지의 화영이를 어김없이 호출했다. 서울역에서 만난 우리는 남대문시장과 인사동을 순례하며 쇼핑하고 점심과 저녁을 해결한 다음 우리 집으로 왔다.

언제부터인지 기억은 안 나지만 우리 넷은 한 달에 한 번꼴로 뭉치는 편이다. 정숙이와 화영이는 더블이고 태현이와 나는 싱글이지만, 우리가 함께 있을 때는 수식어가 필요 없는 자유부인이다.

하하, 호호 웃으며 쇼핑한 보따리를 풀고, 이어서 패션쇼가 시작되었다. 마음에 들어 요리조리 살피고 입어 보고 샀지만, 다시 입어 보는 재미는 쇼핑 때의 설렘을 그대로 연장시켜 준다. 거울 앞을 떠나지 못하는 여자 넷. 이팔청춘 가시내들이 분명하다.

태현이는 부산에서 사귄 친구이고, 우리 셋은 영동여중고 동창이다. 고향 친구들은 물론 결혼해서 20년을 산 부산 친구들이 서울에 올 일이 있으면 당연히 우리 집에서 자고 가는 상황이 20년 이상 계속되자, 정숙이는 우리 집을 촌년 집합소라고 불렀다. 누가 집에 오는 걸 좋아하는 나는 처음에는 이것저것 준비해서 밥을 해 먹였는데 이제는 나이 탓을 하며 참는다. 다만 집합소장을 맡아 소임을 다할 뿐이다.

나는 하나뿐인 침대에, 셋은 방바닥에 이불을 깔고 나란히 누웠다. 일 년에 한 번 호되게 몸살을 앓는 나를 보살펴 주러 오는 정숙이는 건강보조식품을 여덟 가지나 복용하고 있었다. 아무것도 먹지 않던 나에게 자신의 건강을 과시해 나도 얼마 전부터 유산균과 종합비타민을 먹기 시작했다.

하지만 20년 이상 우울증 약을 먹어 온 그녀. 겉으로 보기에는 근심 걱정이 없어 보이고 살림에서 해방되어 들고나는 것에 자유로운 그녀는 영혼의 감기를 앓고 있었다. 하루에도 몇 번 통화할 때마다 "선풍기 줄에 목을 매달면 죽을 수 있을까?" "22층에서 뛰어내리면 죽을 수 있을까?" "달리는 차에 확 뛰어들면 될까?" 하며 죽는 방법을 연구하는 사람처럼 죽고 싶다는 말을 입에 달고 살았다.

그런 그녀에게 나와 영희가 끈질기게 권유하여 천주교 세례를 받게 했다. 몇 년 전 크리스마스 날 세례식에 대모(代母)가 되어 준 영희와 함께 새벽같이 대전으로 달려가 축하해 주었다. 그리고 신부님과 구역장, 반장을 만나 그녀를 부탁하고 왔다.

그 후 그녀와의 통화 내용은 성당 이야기로 시작하여 성당 이야기로 마무리했다. 점점 편안해 보이는 그녀는 여행지에서도 주일을 지켰다고 자랑했다. 그리고 은총을 받았다고 좋아하며 죽음의 그림자를 떨쳐냈다. 그녀가 세례 동기들과도 잘 지내는 듯 보여 나도 덩달아 좋았다.

그런데 그날 이야기를 하다가 화장실에 간 그녀가 한참 있다가 나왔다. 뒤따라 들어간 나는 피비린내가 나는 듯해 뭘 했느냐고 물었고, 그녀는 힘겹게 입을 열었다.

"나 변비 때문에 너무 힘들어. 염소 똥같이 동글동글한데 피가 묻어 나와. 그리고 항문 위쪽에 묵직한 것이 매달려 있는 것 같아. 오래전 치질 수술을 한 적이 있는데 또 수술하라고 하면 어쩌지?"

치질이라고 말하는 그녀에게 우리 셋은 소리를 질렀다.

"너, 너 건강검진 언제 했어? 위, 장 내시경은 언제 했는데?"

그녀는 그때까지 검진을 한 번도 받아본 적이 없다고, 아프지도 않고 더구나 내시경은 무서워서 생각조차 안 했다고 당당하게 말했다. 그녀의 대답에 우리 셋의 질타가 쏟아졌다. 그러나 정작 그녀는 걱정하는 기색 없이 땀만 훔치고 있었다. 여기저기 고장이 났다고 아우성치는 우리와 달리 아픈 데가 없고, 건강보조식품을 맹신하고 있었으니 그럴 만도 했다.

우리의 신신당부를 듣고 대전으로 간 그녀에게 전화가 온 것은 이틀 후였다. 검진 결과 치질이 아니고 대장암이 의심되어 조직검사를 했는데 결과는 직장암이라고. 그녀의 목소리는 담담했고 나는 떨려서 말이 안 나왔다. 다른 병원을 세 군데 더 다녀보고 치료 결정을 하는 데 한 달이 걸렸다. 가는 곳마다 절망적이었으나 일말의 희망을 품고 간 마지막 병원은 일산 국립암센터. 간과 폐, 림프샘까지 전이되어 수술은 의미가 없다고 했다. 병원마다 3년, 2년… 생존 가능 시간을 말했고, 8월 중순 입원한 암센터에서는 4개월 시한부 진단을 받았다.

그리고 항암 치료를 들어간다고 한 후 소식이 없었다. 며칠 후 그녀의 딸한테서 연락이 왔다. 항암 치료 후 자가 호흡은 하고 있지만 혼수상태이며, 열이 40도까지 올라 발작을 일으키고 결국 48시간 내내 투석을 받았다고 한다.

5일 만에 의식이 돌아왔다고 하여 병원으로 달려갔다. 여기저기 멍투성이인 채 호스를 주렁주렁 달고 겨우 눈을 떠서 아는 체를 했다. 안아 줄 수는 없었지만 그냥 고마웠다. 깨어나 있어 감사했다.

투석에서 해방되었지만 더 이상 처치 방법이 없다고 퇴원을 종용하는 병원에서 2개월을 더 버틴 그녀는 퇴원하여 딸이 사는 인천의 요양원으로 옮겼다. 그녀가 나흘 동안 변을 보지 못했다며 울면서 전화했다. 암센터에서는 개인 간병인이 있어 어렵지 않았는데 면회조차 금지된 유배지 같은 요양원에는 한 병실에 간병인이 한 사람이어서 호출도 어렵고 기저귀를 하루에 한 번 갈아준다고 했다. 자존감은 그만두고라도 얼마나 무섭고 속상했을까. 결국 호스를 연결한 요도관에 생긴 염증과 변을 보지 못해 피부 발진과 고열까지, 종합병원 응급실을 다녀와서 다시 암센터에 입원했다.

이곳이 편하다고 했지만 지독한 통증에 링거에 진통제를 투입하는 것도 모자라 마약에 의지해 누워서 창밖을 보는 일상에서 그녀는 전화기를 손에서 놓지 않았다. "내가 이 가을을 또 볼 수 있으려나…." 이렇게 작은 소리로 누군가에게 전화하여 무엇이 먹고 싶다고 했고, 정작 만들어 가면 한 숟가락도 먹지 못하고 토하면서 요구하는 게 많아졌다. 병원에서도 먹고 싶은 거 다 먹으라고 한 모양이었다. 방정맞은 생각이 들면서도 그녀의 콜에 착실하게 응했다. 친구들도 그랬지만, 나는 나중에 후회하고 싶지 않아 어떤 일보다 최우선으로 그녀의 콜에 응했다.

15kg 이상 체중이 줄고 근육이 빠져 입원하고 나서 한 번도 걷지 못한 그녀는 척수까지 전이되어 방사선 치료로 옆구리 통증을 다스리고 구급차를 타고 딸네 집으로 퇴원했다. 간병인이 24시간 붙어 있고 호스피스 병동에서 이틀에 한 번 와서 점점 강도 높은 진통제를 링거에 투입시킬 뿐, 할 수 있는 게 아무것도 없었다.

호주로 이민 간 아들이 왔다. 아들이 엄마 옆에서 자가 격리를 하는 2주 동안 보지 못한 그녀를 보러 갔다. 손을 잡고 희망을 잃지 말라는 말과 함께 기도를 드렸다.

그녀가 입원한 후 만나지 못한 촌년 집합소 멤버 셋에게 내가 콜했다. 아무것도 먹지 못하는 그녀를 보러 가면서 그녀가 좋아하는 음식을 하나씩 준비했다. 그녀에 대한 우리의 사랑을 그렇게라도 표현하고 싶었다. 그녀는 웃었다. 아파하면서도 좋아했다. 우리도 웃었다. 슬퍼하면서도 좋아했다.

그녀가 벽에 걸린 주름 원피스를 입어 보라고 했다. "왜?" 하고 묻자, 입원 전날 사서 한 번 입은 옷인데 내게 주고 싶다고 했다. 그녀는 떠날 준비를 하는 게 분명했다. 속울음을 삼키며 챙겨 왔다.

수요일 밤, 이번 주말이 고비라는 그녀의 딸 전화를 받고 다음 날 달려갔다. 그녀의 귀에 대고 이름을 불렀다. 감고 있던 눈을 겨우 떴다. 눈동자가 탁해 보였다.

"내가 누구야?"

"정순이지, 그동안 고마웠어. 사랑해."

간신히 입을 연 그녀에게 나도 사랑한다고 말했다. 힘없이 눈을 감는 그녀를 두고 온 다음 날 새벽에 날아온 비보. 코로나 상황은 안타까운 죽음마저 홀대했다. 새벽 2시에 위급하여 다니던 병원 응급실에 전화를 했으나 사망하면 오라고 해 배신감마저 들어 다른 병원 영안실을 알아보았다고 한다.

그녀가 미리 준비한 장례식장 영정 사진. 수백 송이 국화꽃 속에서 생시처럼 웃고 있는 그녀의 생일이 닷새 후다. 병원에서 선고한 4개월을 지키고 서둘러 간 그녀. 고통 없는 그곳에서 부디 편안하기를 기도할 뿐이다.

그녀가 떠난 후 2주일이 지났다. 그녀가 좋아하던 반찬을 만들다가 누구랑 먹으려고 만드나 싶어 손을 놓는다. 불쑥불쑥 목이 메고 무기력해진다. 그리고 수시로 울려대던 전화벨 소리, 카톡 소리가 환청처럼 들려 깜짝깜짝 놀란다. 금단 현상인가, 안 먹어도 배가 고프지 않고, 때가 되어 뭘 먹어도 배가 부르지 않다. 한여름에 더위를 먹은 것처럼 헛헛하고 힘이 들어 링거를 맞아도 소용이 없다.

겨우 정신줄을 잡고 서랍에 넣어 둔, 그녀가 우리 집에 올 때마다 입던 홈웨어를 꺼냈다. 허무함과 그리움이 더 깊어지기 전에 그녀의 옷을 정리해야겠다. 하지만 그녀의 전화번호는 지우지 않았다. 더 이상 그녀의 콜은 없겠지만. 이제 두 친구를 불러 그녀의 새로운 집에 다녀와야겠다. 이름을 지어 준 그녀는 없지만, 우리 집은 여전히 촌년 집합소다. (2021)

다림질이 필요한 살색 옷

전국적으로 비가 온다는 예보가 있었지만 우리는 예정대로 서울을 떠났다. 횡성휴게소에서 후드득 떨어지기 시작한 빗방울이 주문진 친구 별장에 도착하니 제법 굵어졌다. 산속의 비는 막힘없이 하늘에서 산길까지 직선으로 쏟아졌다. 장마전선으로 금방 그칠 비가 아니었다.

차에서 짐을 내려 별장 2층으로 옮기는데 우산은 소용이 없었다. 물에 빠진 생쥐 꼴로 샤워를 하려고 하니 물이 안 나왔다. 황당했다. 산 위쪽 계곡에 호수를 연결하여 상수도보다 깨끗한 약수라고 그냥 마시던 음용수가 생각났다.

별장은 위아래 통틀어 다섯 채가 있고 우리는 가운데 집이다. 맨 윗집에만 남자 혼자 개 한 마리와 자연인처럼 산다. 주인인 친구가 반찬을 싸들고 그를 만나고 왔다. "비가 너무 많이 와서 에어가 차올라 밸브를 잠글 수밖에 없다"고 했단다. 머리로는 이해하지만, 현실은 속수무책이었다. 먹을 물은 생수를 넉넉하게 사 왔으니 걱정 없지만 당장 샤워와 화장실이 문제였다.

궁여지책으로 우리도 자연인이 되기로 했다. 큰 그릇을 지붕 물받이에 가져다 두었다. 금세 모아진 빗물을 화장실에 퍼다 날랐다. 작은 그릇은 물론 먹을거리를 넣어 온 아이스박스도 물통이 되었다. 빗물이 아까웠다. 우리는 머리에 샴푸를, 몸에는 비누칠을 하고 쏟아지는 빗물로 샤워하며 키득키득 웃어대는 열일곱의 가시나들이었다.

청소하고 손빨래를 해도 빗물은 차고 넘쳤다. 저장고에 계속 퍼다 날랐다. 그릇그릇마다 가득가득한 빗물로 부자가 된 기분이 들었다. 마치 굶주리다가 쌀독에 쌀을 가득 채워 넣은 것 같은 기분이 이럴까.

비는 밤새 오고 다음 날 아침이 되어도 여전히 줄기차게 내리고 재난 문자는 시간별로 삑삑거렸다. 다시 빗물을 모아서 퍼 날랐다. 참으려고 해도 화장실은 더 자주 가고 싶은 건 머피의 법칙일까. 밖으로 나갈 수가 없으니 먹기만 해서 그렇다 하면서도, 우리가 할 일은 그것 외는 없었다. 윗집의 자연인은 외출 중이었고 물은 여전히 나오지 않았다.

오후에 비가 잠시 멈추는 듯했다. 한 친구가 슬그머니 나가더니 엄청 시원한 모습으로 들어왔다. 어디 갔다 왔냐니까 겸연쩍게 웃으며 별장 바로 옆에 있는 계곡에 다녀왔다고 했다. 계곡물 구경하려고 생각 없이 내려갔는데 물이 좋아 목욕을 했다는 것이다.

우리는 우르르 몰려 나갔다. 가뭄에도 물이 마르지 않는 계곡에 줄기차게 내린 비가 선녀탕을 만들어 놓았다. 우리는 기꺼이 선녀가 되기로 했다. 날개옷을 벗었다. 차가운 계곡물에 잠깐 소름이 돋았을 뿐 서로에게 보이는 선녀의 살색 옷은 부끄러운 색깔이 아니었다. 누가 볼까 걱정도 안 했다. 그냥 선녀가 되었다. 언제 우리가 대낮에 선녀가 되어 본 적이 있는가.

전무후무한 네 명의 선녀가 깔깔대며 떠들어도 나무꾼은 오지 않았다. 처음에는 서로 시선 처리가 어려웠으나 살색 옷은 다림질이 좀 필요할 뿐 서로에게 익숙해졌다. 그리고 비가 오다 말다 하는 후덥지근한 날씨 덕분에 선녀들은 자주 날개를 벗었다.

이틀 밤이 지나고 나서야 밸브를 열었다고 친구에게 전화한 그가 선녀탕을 볼 수도 있었겠다는 생각이 들었다. 아차 싶었지만 친구는 그가 집에 있었다 해도 볼 수도 없고 올 수도 없는 우리만의 계곡이라고 안심하라고 했다.

물이 나오는데도 우리는 돗자리를 들고 계곡으로 내려갔다.

어시장에서 공수해 온 회와 홍게, 부침개를 부치고 참외를 계곡 물에 설렁설렁 씻어서 먹고, 마셔도 취하지 않고 홍조만을 띠게 하는 반주가 있고, 무엇보다 선녀탕에 들어갈 수 있는 선녀가 무엇이 부러우랴. 열엿새의 달님도 우리의 선녀탕으로 내려왔다.

(2018)

인생의 허들 경기

영화 〈기생충〉이 미국 아카데미 시상식에서 각본상을 받은 것은 질주의 시작이었다. 이어달리기 바통은 고속열차처럼 간이역 정차 없이 내달렸다. 국제영화상, 감독상, 작품상까지 받고서 멈추었다.

아시아 최초 4개의 금메달은 영화인들만의 축제가 아니었다. 우리 국민 모두의 축제였고, 우리 모두의 목에 건 메달이었다. 최초라는 그 말은 그냥 으스대기 참 좋은 말이다. 〈기생충〉을 다운받아서 봤지만 극장에서 개봉되는 주말을 기다렸다.

그런데 듣지도 보지도 못한 '우한폐렴'이라는 전염병이 느닷없이 나타나 세계 곳곳을 점령하더니 누구도 예측할 수 없는 상황이 이어졌다. 방역 당국이 해결책을 강구하고 있지만 하루에 수십 명씩 확진자가 발생하고, 접촉자와 추가 발생자, 자가격리와 병원 이송 상황, 거주지 방역 완료와 확진자 이동 경로 등을 실시간 방송하고 재난안전문자로 알려왔다.

재난 2단계 방역지침으로 시행된 재택근무, 휴교, 종교행사 취소, 각종 모임 등을 자제하고 개인 간 접촉을 줄이는 사회 참여가 절실해지고 있다. 아무리 강조해도 지나치지 않는 예방조치를 신문, 방송, 휴대폰 문자로 실시간 안내하고 있는데도 기하급수적으로 늘어나는 확진자와 접촉자들이 너무 많다.

어디서 어떻게 전염되고 있는지 가닥을 잡지 못한 채 236년의 역사를 가진 천주교 미사가 중단되고 모든 일상이 정지되었는데도 영생을 믿는 어느 종교단체는 교주의 힘으로 이길 수 있으리라, 그만이 구원을 주시리라고 믿는지 수백 명이 다닥다닥 붙어서 예배를 보았다고 한다. 교주는 영생할 사람이니까 그렇다고 쳐도 그 말을 믿는 그들은 정말 보고 있어도 보지 못하는 걸까, 보고 있어도 느끼지 못하는 걸까.

기생충은 회충, 십이지장충, 편충, 요충, 디스토마균처럼 사람이나 동물의 몸 안에 기생하는 내부 기생충이 있고, 이와 벼룩처럼 몸 밖에 기생하는 외부 기생충이 있다. 인간 숙주를 통해 사람의 몸에 들어온다고 한다. 영화 〈기생충〉은 상류층과 하류층의 대조를 보여 주고 계획성과 무계획성을 보여 주었다.

반전에 반전으로 긴장감을 더해 자본주의가 최선이 아니고 우리도 누군가에게 기생충이 아닐까 하는 생각으로 먹먹했던 기억이 난다.

창살 없는 감옥이 생겨나고 모든 시간이 정지된 듯 일상이 사라졌다. 만나야 할 사람을 만나지 못하고 설사 만난다고 해도 마스크를 쓴 채 너도나도 불안한 눈망울로 경계를 하게 되는 불신은 언제 끝이 날지 예측할 수가 없다.

또 등교하지 못하는 아이들은 어떤가. 텔레비전을 원 없이 보고 게임도 맘대로 하는데도 아이들은 학교를 그리워했다. 신학기가 시작되어 마스크를 쓰고 등교한 며칠. 같은 반 아이들의 얼굴조차 기억나지 않는다고 했다. 나도 분주하던 일상이 그립다.

급기야 생활용품을 사재기한다는 뉴스에 이어 마스크 대란이 일어났다. 식품의약품안전처는 출생 연도별로 5부제를 실시했다. 모든 이에게 혜택을 주기 위해서라지만 약국마다 줄서기는 마찬가지였다. 잡지 못하면 살지 못한다는 조바심이 만든 동아줄은 길기만 했다.

나는 5부제를 실시한 첫 수요일에 동아줄이 끊어지고 소진되어 사지 못했다. 일요일은 물론 365일 문을 여는 약국을 찾아갔다. 30여 분 줄을 서서 2개를 샀다. 딸이 준 면 마스크는 빨아서 쓰고 일회용은 재사용하면서 끝이 보이지 않는 코로나바이러스의 접근을 막아 보려고 안간힘을 쓰는 중이다.

만물의 영장이라는 인간이 미생물의 침투에 너무 쉽게 쓰러지고 있는 뉴스를 볼 때마다 안타깝다. 피해자임에도 가해자 같은 시선에서 벗어나지 못한 확진자와 밀접접촉자들은 누구와 아픔을 나누겠는가. 완치 판정을 받아도 사회적 시선은 거리를 두게 되지 않을까 하는 염려가 된다. 또 발병 원인과 그들의 치료를 위해 고군분투하며 전염병의 위험을 감수하는 치료진에게 열렬한 박수를 보낸다.

정부 방침을 철저하게 따르는 우리를 마치 비웃기라도 하듯 태연하게 해외여행을 떠나는 이들이 있다. 또 집단 모임을 강행하는 안전 불감증의 청맹과니들은 살아남아 영생할까. 주일 예배에서 집단 발병이 되었다고 연일 보도가 되는데도 주일이면 그들은 인생을 건 허들 경기를 시작한다. 절대 넘어서지 못하고 넘어지는, 넘어지고야 말 것을, 왜 그들은 단체로 달려가는 걸까. 넘어진 그들이 스스로 일어나 남아 있는 허들이라도 뛰어넘기를 기도해 본다. (2020)

불편한 진실

지난 토요일이었다. 지인 셋과 점심을 먹고 커피숍으로 이동하면서 좌회전 신호를 기다리고 있었다. 차 세 대가 앞뒤에 서 있었는데 아무 생각 없이 승용차에 연결된 스마트폰 기능을 켰다. 연결이 안 된다는 메시지가 화면에 떴다. 급하게 가방과 코트 주머니를 뒤져봐도 없었다.

순간적으로 출발 전 지인이 주는 물건을 받고 확인하기 위해 들고 있던 휴대폰을 차 보닛 위에 올려놓았던 기억이 났다. 앞차에 탄 지인에게 연락할 길이 없어 그냥 신호가 바뀌기 전에 비상 라이트를 켜고 유턴했다.

식당 주차장에 도착해 주차했던 곳을 살펴봐도 휴대폰은 없었다. 출발 전에 본 노부부에게 가서 물어보았으나 머리를 내저으며 본인의 휴대폰을 내밀었다. 전화를 걸어보라면서. 신호는 갔으나 받지 않았다. 식당에 가서 전화기를 주워 맡긴 사람이 있는지 물어보았으나 없다는 말뿐이었다. 큰일 났다 싶어 동동대다가 일단 딸네 집으로 출발할 수밖에 없었다.

휴대폰 케이스에 들어 있는 주민증, 운전면허증, 4개의 신용카드, 현금 3만 원보다 휴대폰에 저장된 수백 개의 전화번호, 필요한 모든 메모…. 운전 내내 침착하려고 애를 썼지만 평정심을 유지하기 힘들었다. 딸네 식구는 외출 중이었다.

우선 급한 대로 카드를 정지하려 했으나 전화기가 없으니 속수무책이었다. 무작정 엘리베이터를 타고 경비실로 갔다. 그날따라 낯익은 아저씨는 안 보이고 다른 분이 있었다. 그에게 사정 얘기를 하고 휴대폰을 빌렸다. 딸에게 먼저 걸었다. 낯선 전화번호인데도 받았다. 식사하러 가는 길인데 곧 돌아가겠다고, 위치 추적을 하면 찾을 수 있으니 걱정하지 말라고 했다.

아저씨 전화로 카드사에 전화해 분실신고를 하고 신규 발급까지 시간이 꽤 걸렸다. 아저씨에게 죄송했으나 내 번호로 전화를 하면 어떤 때는 통화 중, 어떤 때는 신호음뿐이었다. 급한 불은 껐다 싶어 아저씨에게 소정의 사례를 하고 딸네 집으로 올라갔다. 곧이어 도착한 딸이 위치 추적을 부탁하고 발신은 거절, 수신만 되게 했다. 딸의 전화로 위치 확인 문자가 왔다. 식당에서 100여 미터 떨어진 아파트 위치만 확인할 수 있고 더는 추적이 불가능했다. 한 시간마다 오는 위치 추적을 기다리며 계속 딸은 전화하고 사위는 내 폰에 문자를 보냈다.

'전화기와 신분증만이라도 돌려주셨으면 합니다. 직접 만나기 애매하시면 처음 습득하셨던 곳에 두고 연락해 주셔도 됩니다.'

'휴대폰 중고가보다 높게 드리겠습니다.'

아무런 소식 없이 세 시간이 지났다. 마침내 딸이 건 전화에 응답이 왔다. 고양시 '마두지구대'라고 했다. 너무 반갑고 고마워서 달려가겠다고 하자, 누가 찾으러 오는 거냐고 물었다.

"전화기 주인이 저희 엄마이고 옆에 계시는데 누가 찾으러 온다는 말인가요?"

지구대에서 그렇게 물은 이유는 나중에 밝혀졌다.

신분증을 가지고 오라는 말을 듣고 사위 차를 타고 출발했다. 가면서도 놀란 가슴은 진정되지 않았지만 빵집에 들러 롤케이크를 사서 지구대에 감사 인사를 할 여유가 생겼다.

인수 절차를 마치고 폰케이스를 확인했다. 모든 것이 그대로인데 전화기는 처참했다. 내 차가 그랬는지 다른 차가 그랬는지 모르지만 차바퀴가 사정없이 지나간 상처. 폰 액정은 검은 하늘에 반짝이는 별처럼, 검은 먹지에 핀 이름 모를 꽃처럼 군데군데 하얀 상처가 나 있었다. 벨은 울려도 액정을 터치할 수 없으니 전화를 받을 수 없었다고 한다. 전화기를 보니 왜 연결이 안 되었는지 이해가 갔다. 경찰은 궁여지책으로 이어폰을 사용해 전화를 받았다고 한다.

사위가 가양동 단골 대리점에 예약을 하고 한 시간을 달려 도착했다. 이참에 전화기를 교체하려고 했는데 직원의 말에 난감했다. 새로 산다고 해도 여기 있는 정보를 옮길 수가 없으니 서비스센터에 가서 액정을 살려야 하고, 저장된 중요 메인보드가 살아 있는지 확인해 봐야 한다는 것이었다. 그러면서 3개월 후에 신제품이 나오니 그때 교체하라는 얘기였다.

그래도 불행 중 다행인지 보험에 들어 있어 비싼 액정 값 중 20%만 내면 된다고 해 임시 전화기를 받았다. 유심칩을 옮기고 임시 전화기가 개통되자마자 벨이 울렸다. 저장된 번호가 없어 누군지 몰랐지만 받았다. 함께 식사한 지인이었다. 뒤따라오던 내가 안 오고 전화도 받지 않아 여러 가지 추측을 했단다. 전화기를 분실한 것 같아 식사한 식당에 전화을 해 보니 내가 다녀갔다고 해 세 분이 번갈아 전화를 걸었고, 나중에 휴대폰이 '마두지구대'에 있다고 하여 그분들이 찾으러 가겠다고 한 모양이다.

나뿐만 아니라 대부분 전화번호를 외우지 않고 저장된 번호를 찾아서 전화를 하니 세 분에게도 연락할 방법이 없었다. 그들도 전화기가 '마두지구대'에 있다고 나에게 연락할 방법이 없어 직접 찾아다 갖다 주려고 했는데, 출발 전 지구대에 전화했더니 본인이 오겠다고 해서 참고 있었다는 것이다.

임시 전화기는 카톡도 안 되고 전화를 걸고 받고 문자 정도가 전부였다. 그래도 그게 어딘가. 걸려오는 전화를 받는다는 게. 내 머릿속 지우개도 지우지 못하는 전화번호 몇 개가 요긴하게 쓰였다. 딸과 사위 전화번호가 그랬다. 통화는 가능하나 전화번호를 모르니 당장 내일 만나기로 한 C에게 장소와 시간을 말할 수가 없어 고심 중이었다. 천만다행으로 A의 전화번호가 생각났다. B에게 연락해서 나에게 전화를 하라고 부탁했다. B의 전화를 받아 B가 아는 D에게 연락하여 C에게 전화하라고 부탁, 어렵게 시간과 장소를 정했다. 궁즉통이었다.

이렇게 마무리를 하고 내 차가 있는 딸네 아파트로 왔다. 사위가 올라가서 저녁을 같이 먹자고 했지만, 밥 생각이 전혀 없고 가슴만 답답했다. 딸의 아파트 주차장에서 사위와 헤어져 집으로 돌아오는 중에도 임시 전화기는 계속 울어댔다. 카톡이 오면 즉답을 하는 편인데 답이 없으니 지인들이 궁금하여 전화하는 것이었다. 일일이 설명하느라 저녁 시간이 훌쩍 지나고 밤이 늦었으나 배도 고프지 않고 잠도 오지 않았다. 꼭 어려운 문제는 주말에 터진다는 머피의 법칙처럼 C와 식사를 하는 일요일에도 걸려오는 전화만 받았다.

드디어 월요일이다. 상암동으로 출근하여 아이들 아침을 차려주고 삼성서비스센터로 갔다. 담당 기사에게 메인보드 정보가 살아 있으면 액정을 수리하고 망가졌으면 안 하겠다는 말을 하고 30여 분이 지났다. 다행히 액정만 교체한 전화기는 말짱했다.

보험 청구 서류를 가지고 대리점에 가서 임시 전화기를 반납하고 보험금을 신청했다. 그리고 보험금 지급 예정 상세 안내를 카톡으로 받았다. 수리비용 258,000원. 고객부담금 51,600원. 지급보험금 206,400원. 보험 만기일은 5월 5일까지였다. 아마도 전화기 케이스에 카드와 신분증이 들어 있어서 그나마 액정만 깨진 것 같았다. 그래서 더 튼튼한 지갑형 케이스를 주문하고 마음 졸인 휴대폰 사건은 일단락되었다.

불편한 진실이랄까. 늘 손에 쥐고 있는 휴대폰의 편리함은 무엇으로도 대신할 수 없다. 잠깐만 없어도 허둥대며 금단 현상을 느끼게 된다. 다시 살려낸 전화기에 부재중 전화, 문자, 카톡을 알리는 빨간 숫자가 유독 많았다. 주말 이틀 동안의 불편이야 이루 말할 수 없었지만 아주 조금은 편한 것도 있었다. 카톡 소리에 신경을 쓰지 않아도 되니 나쁜 것만은 아니었다. 나이 한 살을 선물이라고 가져온 새해 벽두에 호랑이처럼 어흥거리며 그냥 웃을 뿐이다. (2022)

엄지발톱 밑에 박힌 가시

색동버선을 신은 어머님 발치에 섰다. 생전에 화장 한 번 안 하시더니 먼 길 떠날 차비로 화장한 모습이 참 고우시다. 내가 잡은 오른쪽 엄지발가락이 유난히 도드라져 보이는 어머님은 향년 89세시다.

나는 결혼 예물로 남편의 돌아가신 양어머님, 생모이신 어머님, 그리고 작은어머님, 이렇게 세 분의 한복을 준비했다. 양어머님은 소복으로 일습을 준비하여 태워 드리고, 두 어머님은 색깔만 다른 공단으로 똑같이 했다. 혼주석에도 나란히 앉으셨다. 결혼 후 이해하기 힘들었던 두 분의 사연을 따로따로 두 분에게 들었다. 각자 또 같이 참으로 불쌍한 여자의 일생이었다.

아버님은 누님이 다섯 분, 그리고 아들 삼 형제, 팔 남매의 막내셨다. 첫째 동서인 형님은 자식 없이, 둘째 형님은 여식을 유복자로 남기고 돌아가셔서 사실상 막내이신 아버님이 맏이 노릇을 해야 했다. 당신이 낳은 아들 중 둘째를 부산 사는 큰형수님에게 양자로 보내고, 얼마 후 장남이 세상을 떠나자 큰형수님은 전설의 고향에 나옴 직한 대를 잇는 미명의 거사를 은밀하게 진행시켰다. 이십여 년도 더 전의 이야기를 담담하게 시작했지만, 어머님은 허공을 향해 분노를 감추지 않으셨다.

가을걷이가 끝날 무렵, 시골에 온 어머님의 맏동서 큰형님은 겨울의 문턱을 넘을 때 어머님에게 아버님의 한복을 새로 지으라고 하더니 어머님과 아버님에게 부산 나들이를 권유했다. 여기저기 구경을 시켜 주고, 모처럼 양자 보낸 아들과 즐겁게 지내는 어머님에게 "자네는 아들 방학하면 같이 가라"는 말씀을 하고 아버님과 함께 시골로 먼저 가셨다고 한다. 여자의 육감으로 알 수 없는 불안감이 들었지만, 어머님은 큰형님의 눈치가 보여 아들의 방학을 기다릴 수밖에 없었다고 한다.

방학식이 있던 날 완행열차는 더디만 가고 영동역에 내렸으나 해는 져서 어둡고 연결되는 차편이 없었다. 설상가상으로 눈이 퍼붓고 있었다. 급한 마음을 다잡고 트럭을 얻어 탔으나 집에 가지는 못하고 면 소재지에 사는 시누님 집에서 하룻밤 묵게 되었는데, 잠결에 들으니 시누님이 혀를 끌끌 차면서 "저 불쌍

한 것" 하는 소리를 듣고 잠을 이룰 수가 없었단다.

날이 밝자마자 발이 푹푹 빠지는 눈길에 잘 걷지도 못하는 여덟 살 아들을 업고 시오리를 걸어 사립문을 열고 들어가니, 댓돌 위에 놓인 뽀얀 고무신과 생전 구경도 못한 옥색 세숫비누곽이 눈에 확 들어왔다고 한다. 애써 부인했던 불안감은 현실이었다. 순간적으로 눈이 뒤집혀 그것들을 내동댕이치며 난리를 부렸으나, 아버님은 작은댁을 보내지 않고 마을에 집을 마련해 주었다고 한다.

칼날 같은 추위와 모멸감으로 시작된 삶은, 죽을 만큼 더운 날 구겨지고 풀기 없는 삼베적삼 같은 삶으로 이어졌다. 겨울에는 남편의 여름 신발을, 여름에는 남편의 겨울 신발을 댓돌 위에 놓고 살아온, 배신감과 외로움의 긴 터널, 작은댁은 2년 터울로 아들만 다섯을 내리 낳아 이 집 저 집 대를 이어 주었고, 양자 갔던 내 남편과 그 여동생인 시누이는 작은엄마라고 불렀다.

어머님은 작은댁이 낳은 첫 아이를 데려와 암죽을 먹여 키우며 작은댁을 보내려고 했으나 그럴 수가 없었다. 그 와중에도 남편과 매끼 겸상하여 밥을 먹고 빨래를 빨아주며 남편을 아주 보내지 않았다. 낮에는 한집에 기거하고, 밤에만 작은댁에 보냈다. 그것으로 당신의 자존심을 지키고 싶었을 것이라는 짐작만 할 뿐이었다.

작은어머님의 사연도 들어보면 억울했다. 홀아비 자리라고 속아서 시집을 온 것이었다. 한동네 살면서 싸움이 있을 때마다 어머님은 "남의 꽃밭을 불질러 없앤 년"으로 시작하였고, 작은어머님은 "나도 속았다, 나도 억울하다"며 둘이서 땅을 치며 한바탕 울고서야 끝이 났다고 한다.

이런저런 사연들은 날마다 일어났지만, 두 살 터울로 아들만 내리 다섯을 생산하셨다. 누군가 제의한 평화협정처럼 조용한 가운데 내가 결혼 후에 지워지지 않는 멍든 가슴을 꺼내 보여줄 뿐이었다. 두 분 중 누구의 멍든 자리가 크고 작고를 떠나서 각자 가슴에는 지워지지 않는 화인火印이 남아 있었다.

좋은 옷이 있어도 아까워 입지 못하고, 맛있는 음식이 있어도 남은 음식이 상하기 전에 먹어야 하는, 자신을 돌보는 일에 익숙하지 않은 그런 어머님은 작은어머님의 소생인 막내를 위암으로 잃고, 당신이 낳은 유일한 아들도 위암으로 먼저 보내고 가슴에 묻어야 했다. 두 분은 가슴에 박힌 대못을 끌어안고 아픔의 세월을 사셨다.

그 후 어머님은 아버님마저 대장암으로 세상을 떠나시자 시골집에 혼자 사셨다. 마루 끝에 서면 빤히 보이는 산에 묻은 남편과 가슴에 묻은 아들들과 나누는 대화는 또 얼마나 길고 서러웠을까….

10여 년 전 팔순이신 어머님과 시누이가 한편이 되고, 시동생들과 나와 편이 되는 편 가르기 같은 언쟁이 있었다. 돌아가신 친정엄마처럼 모시겠다는 나의 다짐은 차츰 무너졌다. 서로를 불쌍하게 여겨 누구보다도 잘해 드리고 싶었는데, 아침저녁으로 드리던 문안 전화를 거르게 되고, 섭섭한 마음을 숨기지 못하고 의무적인 관계가 되었다. 그리고 어머님의 노년을 책임지겠다고 시누이가 부산으로 모셔간 지 9년이 지났다.

상대적으로 나는 작은어머님과 시동생들과 사이가 더 좋아졌다. 이웃사촌보다 못한 게 멀리 있는 친척이라더니 서로를 잊은 듯 살다가 몇 년 만에 시누이 자녀 결혼식 때 대면한 어머님과 눈물 바람으로 헤어지면 그만이었다. 그리고 시누이는 무슨 사정인지 몰라도 우리 딸 결혼식에 오지 않았다. 물론 연로하신 어머님도.

그러던 어느 날 중풍으로 입원하였다는 소식을 듣고 경남 양산으로 달려갔을 때, 어머님은 새댁 왔다고, 밥 차려 준다고 병상에서 일어나려 안간힘을 쓰셨다. 그러나 팔다리는 병상에 묶여 있고 기저귀를 찬 기가 막힌 어머님의 모습이었다. 그렇게 입퇴원을 반복하는 시간이 길어지자 시누이가 요양원에 모시겠다며 비용을 분담해 달라고 전화를 했다. 그리고….

내일이면 화장火葬을 해야 한다. 저승 가는 길에서야 화장化粧하고 꽃신 같은 색동버선을 신은 어머님. 대못이 박힌 가슴을 보듬어 주는 풀기 있는 삼베 수의가 제대로 일습을 갖추었다. 살아서 풀기 없는 삶은 산 보상이 초라했다. 어머님과 이별 의식으로 형제들은 형식적으로나마 화해를 했다. 어머님께 최소한의 도리만 하고 지낸 시간을 눈물로 사죄드린다.

아! 나는 어머님의 엄지발톱 밑의 가시가 아니었을까. 그래서 어머님은 나보다 더 많이 아프셨을 거다. (2013)

나이스데이

정말 신기한 일이다. 설마 오늘도 그럴까 반신반의하면서 강서구립도서관에 갔다. 2주 전에 빌린 책 세 권을 반납하고 다른 책을 빌리기 위해 책장을 따라 도는데 신호가 왔다. 결국 한 권을 골라놓고 화장실로 갔다. 시원하게 볼일을 보고 책을 고르면 기분이 좋아진다.

변비가 심한 나는 배가 아파 화장실에 갔다가 도로 나오는 일이 비일비재하다. 날마다 볼일 보는 친구가 제일 부럽다고 말할 정도다. 화장실에 앉으면 '오늘도 무사히' 기도하는 마음이 된다.

15년 전 역삼동에서 근무할 때다. 그날은 유독 더 심했다. 힘을 주다가 갑자기 머리가 아프고 어지러웠다. 머리를 망치로 돌려가면서 때리는 것 같았다. 이러다 죽을 수도 있겠다는 생각이

들었다. 이 자세로 죽는다면? 좁은 공간에 변기에 앉아서 죽을 수는 없지 않는가. 준비해 간 일회용 장갑을 끼고 해체 작업을 했다.

마침 허리 협착증 수술 날짜를 받아 놓은 상태였는데 머리가 계속 아파 급한 불부터 꺼야 했다. 문득 친구의 친척이 서울대병원 뇌신경과 과장이라던 생각이 나서 전화를 하니 지금은 강남베드로병원장이라며 소개해 주었다.

MRA 검사 결과 뇌에 500원짜리 동전 크기로 하얗게 보였다. 죽은 세포라고 했다. 뇌경색 초기 진단에 약 처방을 받았다. 그리고 허리 통증 수술을 받기로 했다고 하니 수술 받지 말고 허리에 주사를 맞으라고 했다. 결국 변비 때문에 발견한 뇌경색이 수면으로 떠올랐다. 모르고 지나쳤으면 어땠을까 하는 생각도 해 본다. 약을 먹었다. 그동안 아팠던 머리와 허리 통증이 감쪽같이 사라졌다.

그러나 몇 년 지나 뇌경색 후유증이 왔다. 왼쪽 손이 떨리고 밥을 먹지 않으면 머리가 아팠다. 시간이 지나면서 오른손이 떨릴 때도 있다. 돌발성 난청을 앓아 전혀 들리지 않던 오른쪽 귀도 70% 정도 회복되었으나 점점 청력이 약해졌다. 마스크 시대에는 상대방의 입 모양을 볼 수 없으니 난처할 때가 한두 번이 아니다. 그래서 어느 모임에 가면 중심에 앉으려고 한다. 다른 사람의 말을 잘 듣기 위해서다. 컨디션이 좋은 날은 그런대로 들리지만 컨디션이 안 좋은 날은 엉망이다.

허리 통증 주사는 2년이 지나자 효력이 사라졌다. 다시 주사 주기가 짧아지다가 결국은 견딜 수가 없어 협착증 시술을 받았다. 그것도 역시 2년이 한계인가 보다. 재발되었다. 통증 주사 맞기를 반복했다. 6개월을 버티지 못하고 너무 아파 수술해 달라고 의사 선생님을 졸랐다.

"환자분의 허리는 수술도 시술도 다 소용없습니다. 난치병이니 주사와 약으로 다스리는 수밖에 없습니다."

"주사도 6개월 전에는 안 됩니다"라는 말과 28일분 처방전을 주었다.

대구에 사시는 외삼촌이 돌아가셨는데 조문도 못 가고 그냥 약으로 버티면서 화장실 가는 것도 힘들어 조심하던 중이었다. 어느 날 지인이 하늘수박을 주면서 효능을 알려 주었다. 큰 귤만 했다. 처음 보는 열매를 보온밥솥에 넣고 막걸리를 부어 24시간 발효시켜 저녁마다 한 잔씩 먹으라고 했다. 세 번에 나눠서 해 먹었다. 설마했던 기우에 반전이 일어났다. 약간 쓰지만 알코올은 희석되어 약으로 먹기에 나쁘지 않았다. 늦은 가을에 먹었는데 겨울 지나 이듬해 가을까지 허리 통증이 없어졌다. 병원 처방보다 효과가 있으니 불가사의한 일이 아닌가.

해마다 먹고 효과를 보았는데 3년째는 구할 수가 없어 다시 병원과 약에 의지하다가 요행히 두 번 더 먹고 통증 없이 잘 지내고 있다. 허리 아픈 친구들에게 처방처럼 알려 주었다.

머리와 허리 통증을 완화시키는 동안에도 변비는 여전히 나를 괴롭히고 있다. 건강검진 때는 꼭 위와 장 내시경을 한다. 위와 장을 비우는 게 만만치 않고, 장 내시경은 5년에 한 번 해도 된다는 의사의 권유에도 2년마다 하고 있다. 장을 청소하기 위해서다. 그러나 그때뿐이다. 장운동이 느리기 때문이라는 의사의 말이 맞는다 해도 내 의지대로 되는 일이 아니다. 점점 체중이 늘어나는 것도 그 때문이 아닐까 싶다.

그런데 참 신기한 일이 있다. 처음에는 그런 의식이 없었는데 강서구립도서관에만 가면 볼일을 보게 되는 것이다. 하루 한 번은 생각조차 못했는데 도서관에 가면 화장실에 문안을 드리게 된다. 나쁜 일이 꼭 일어나는 징크스의 반대말은 나이스일 게 분명하다.

사랑의 반대말이 증오, 분노가 아니라 무관심이듯 생의 반대말은 죽음이 아니라 방어의식이란다. 김형경 작가는 또 내가 가장 존중해야 하는 사람은 언제나 나 자신이라고 했다. 치부를 드러내도 나는 변명하지 않을 셈이다. 나를 존중하기로 했다. 도서관에 가면 나이스데이가 된다. (2022)

쌈하기 좋을 나이

둘째 손녀 지우가 새 유치원에 다니게 되었다. 친구들과 낯을 익히기까지 마음이 놓이지 않았으나 아이들은 역시 아이들이다. 매일같이 등하원 때 마주치는 네 아이는 금방 친해졌고, 덩달아 손주 바라기 할머니들과도 친해졌다.

점점 날씨가 따뜻해지자 아이들이 광장에서 뛰어노는 시간이 많아졌다. 덕분에 할머니들도 이야기꽃을 피우는 시간이 길어졌다. 짜맞춘 것처럼 모두 외할머니들이었고 나이는 한두 살 차이가 났다. 부부가 함께 딸네 집에 있다가 주말에만 집에 가는 이, 나처럼 월요일부터 금요일까지 출퇴근하는 이, 손자 돌보려고 이사를 온 이, 저마다 사연은 가지가지였다.

서로에게 깍듯하던 존댓말이 시간이 지나면서 언니 동생으로 바뀌고, 호구조사처럼 진행된 고향, 가족 이야기는 딸이 한 달에 용돈을 얼마 주느냐까지 나갔다. 나도 모르게 "풋" 하고 웃음이 나왔다. 몇 년 전 첫째 손녀를 데리고 아파트 놀이터에 나갔는데 조선족 입주 도우미들이 모여 앉아 주인 성격은 어떻고 월급은 얼마인지 이야기하는 걸 들었는데 지금 우리가 그런 이야기를 하고 있다고 하자, 모두 박장대소를 했다.

우리는 돌아가면서 점심을 사고 집마다 순례하며 사는 모습도 보면서 설명은 할 수 없지만 작은 집단이 되었다. 점점 길어지는 햇살을 등에 업은 아이들은 광장에서 뛰어놀고 벤치는 우리 쉼터가 되었다. 어느 날 금비 할머니가 누구와의 시시비비를 걸쭉하게 들려주던 끝에 그들을 지칭하며 말했다.

"쌈하기 좋을 나이가 아닌데."

생소한 말에 궁금해하는 우리에게 그녀가 말했다. 자기가 50대 중반이었을 때 친정아버지가 하신 말씀이라고.

"니 나이가 쌈하기 좋을 나이다. 오십도 안 된 나이에 싸우면 볼썽사납고, 칠팔십 줄에 들어서 싸우면 죽을 때가 된 것이다. 그러니 니 나이가 딱 쌈하기 좋을 나이다."

그날 퇴근해 책꽂이가 있고 책상이 있지만 옹색하여 서재라고 부르긴 간지럽고, 아니라고 하기엔 딱히 부를 명칭이 없어 미안한 작은방 책상 앞에 앉았다. 예순도 넘은 나이가 여섯 폭 병풍처럼 나를 둘러싼다. 아직은 어중간한 미완성의 여섯 폭. 이것이 마지막 병풍일지도, 또 몇 개의 병풍 폭을 만들 수 있을지 누가 알겠는가. 재산도 내가 쓴 것만 내 재산이라는데, 시간도 내가 쓰고 있는 것만 내 시간일 게다.

지금 내가 쓰고 있는 이 시간, 이 나이에도 심신이 건강하니 참 다행이다. 최적의 컨디션은 아니어도 몸과 마음이 아이들을 돌보기에 적당한 나이라고 스스로 위로해 본다. 예쁜 건 예쁜 거고, 힘든 건 힘든 거라는 말도 맞다. 그러나 하고 싶은 일을 잠시 접어 두어도 피는 물보다 진하다는 원초적인 이유를 들지 않아도 내 새끼를 각별하게 여기게 되는 나이가 지금 내 나이지 싶다.

쌈하기 좋을 나이에 이른 나를 오랫동안 들여다본다. 그동안 월요일부터 목요일까지 동서남북을 오가며 뭐든 배우기도 하고 운동도 짬짬이 했다. 그리고 파닥파닥 뛰는 가슴으로 여행 가방을 싸고 훌쩍 다녀와 추억 수첩에 다리 떨리면 못 다닌다는 핑계를 쓰기도 좋았다. 무엇을 해도 에너지가 넘치는 아름다운 그림, 그냥 보고 있어도 충분히 넉넉한 나이다.

환갑에 낸 첫 수필집 《60, 내 생의 쉼표》는 쌈하기 좋을 나이의 마무리였다. 어느 분의 말처럼 "멀리 있어도 아주 가까이에서 볼 수 있는 망원경을, 아주 작은 일도 크게 확대해서 볼 수 있는 확대경을, 절대 보이지 않는 곳에서도 볼 수 있는 잠망경"을 그 책 속에 보관 중이다.

이제 책장을 넘기듯 지난 시간을 넘기는 데 필요한 특별한 안경을 준비해야겠다. 가장 좋은 일은 가장 하기 힘들다는 사실을 미리 아는 사람은 아무도 없다지 않던가. 나 역시 모른다. (2015)

달달한 약

제우스님!

《비밀의 정원》을 선물 받았습니다. 제가 추워 보였는지 딸이 달달한 약처럼 보내왔습니다. 24색 색연필과 12색 크레파스도 함께요. 별 기대 없이 들여다본 정원은 꽃과 나뭇잎이 검은 선으로 이어진 미로였습니다. 전혀 어울리지 않은 것들이 모여 있어 정리가 안 된 듯하지만, 꼭 있어야 할 곳에 있는 것처럼 보이기도 했습니다.

색연필통 뚜껑을 열었습니다. 밝은 색부터 진한 색까지 가지런히 놓여 있고, 크레파스에는 무지개가 떠 있는 것 같습니다. 달달한 냄새가 날 것 같아 코를 대고 흠흠 숨을 들이마셨더니 기분이 좋아졌습니다.

오른쪽부터 정원을 꾸미기 시작했습니다. 세 시간 만에 돋보기를 벗었습니다. 엉뚱해 보이기도 하지만 색감이 마음에 들었습니다. 자랑하고 싶어 사진을 찍습니다. 누군가에게, 특히 제우스님께 보여 주고 싶습니다.

아래쪽 담장 옆 빨간 대문에 청색 문고리를 달았습니다. 그 옆에 노란색 펄을 덧칠한 황금빛 열쇠를 작은 나뭇잎 사이에 숨긴 듯 걸어 놓았지요. 제가 당신을 신 중의 신 제우스님이라 부르는 것은 굳이 종교적 이유 때문이 아닙니다. 말하지 않겠습니다. 판도라의 상자처럼 닫아 두겠습니다. 차마 열지 못하는 건지도 모릅니다.

새벽에 잠이 깨어 '비밀의 정원'으로 들어갑니다. 알다시피 할 일을 두고 늦장을 부리지 못하는 저는 팔을 걷어붙입니다. 왼쪽에는 나무로 만든 팔각지붕 등이 봉 위에 올려져 있습니다. 팔각지붕 꼭대기에 있는 십자가는 파랑으로 진하게 칠합니다. 제우스님이 왜 파랑 십자가냐고 물으신다면, 남성을 뜻하는 파랑 십자가에서 제가 가지지 못한 그 어떤 힘을 간구하는 간절함 때문이라고 변명을 준비했습니다.

비밀의 정원에서는 탄생의 색깔과 노출의 색깔, 수확의 색깔은 칠할 수 있지만 숨김의 색깔은 칠할 수가 없습니다. 무채색의 계절은 흰색과 검정으로 표현할 수 있으니 더 이상의 기교가 없어도 그 자체만으로도 매력이 있으니까요. 또 눈사람에게 입혀 줄 옷은 찾지 않는 게 경제적인 것처럼 말입니다.

바람에는 색깔이 없지만 냄새가 있다는 거 아시지요? 동면에서 깨어난 은밀한 봄 냄새와 훅하고 달아오르는 여름 냄새를 어떻게 칠해야 하는지 아시나요? 아하, 제우스님도 모르신다고요? 저도 모르니 제 추억 속의 미루나무 색깔이라도 그려 넣어야겠습니다.

"안티 스트레스 컬러링북 비밀의 정원은 모니터와 키보드가 아닌 손과 종이를 이용해 정신을 집중시켜 색칠하면 할수록 일상의 자잘한 걱정과 긴장이 서서히 비워지고 마음이 평온해진다."

이 책 광고 문구입니다. 그러나 마음이 앞서 달려가니 마음도 비우지 못하고 어깨가 아파오는 미련을 떨고서야 손을 놓습니다. 빨리 완성하고 싶은 조급함, 색깔을 선택할 때의 고민, 고정된 틀을 벗어난 나만의 정원을 꾸미고 싶어 몸살을 앓는 저는 광고 문구를 믿어야 할지 고개를 갸웃해 봅니다.

저는 이제야 욕망보다 포기를 배우게 되는가 봅니다. 사는 동안 내 것이 아니면 포기하기까지 힘든 과정을 거치고 이제는 삶이 편해졌다고 자위하면서도 말입니다. 이 비밀의 정원이 완성되는 시간을 정할 수는 없습니다. 그냥 하고 싶고 또 할 수 있다는 것에 감사하며, 어느 분의 말씀처럼 손가락 사이에서 흘러내리는 모래 같은 시간을 줍고 있을 뿐입니다.

참, 저의 성장기 이야기를 제우스님께 한 적 있나요? 저도 잡초처럼 뽑히지도 않고 잔디처럼 밟히지도 않게 누군가의 정성으로 키워지고 "예쁘다"며 바라봐 준 꽃이었다는 걸 말입니다. 제가 꽃이었던 정원을 가꾸시던 부모님은 안 계시고, 지금 딸의 눈에 보인 것처럼 다른 사람의 눈에도 눈사람조차 없는 텅 빈 곳처럼 보였을지도 모릅니다. 그러나 이제는 정말 편안합니다. 함께 있는 것만으로 행복한 두 손녀와 진한 스킨십을 나누는 풍요로운 시간입니다.

지금은 내 손으로 물을 주고 벌레를 잡아 주어 아름다운 꽃으로 피어나게 하는 소중한 시간입니다. 화려하게 아름답지는 않지만 은은한 비누향이 나는 나의 정원에 쾌청한 날씨같이 상큼한 미소를 지으며 맛난 차 한 잔 준비해 놓고 제우스님을 초대하고 싶습니다.

제우스님, 제 초대를 받아주시겠습니까? (2015)

색연필화

금강초롱꽃

달리아

델피니움

장미

구절초

백일홍

샤프란

분꽃

아네모네

라일락

유칼립투스

장미

primula

카라

<겨울왕국>의 엘사

3부 꽃비 내리는 소리

늘 그랬듯이

서정순

팔월 열사흗날 밤
달빛따라
성큼성큼 들어오는
님을 맞으려
현관문을 열었다

겨우 하룻밤 머물다
시댁에 가는 딸네 식구
미적미적 따라나서는
님을 보내고 현관문을 닫았다.

엄마의 엄마

나는 할마다. 누가 만든 말인지 몰라도 할마는 할머니와 엄마의 합성어다. 육아 독박도 있다고 하니 웃픈 말들이다.

오전 6시 반부터 울리기 시작하는 할마의 전화기에는 알람이 열 개 정도 맞춰져 있다. 요일마다 달라지는 알람은 깜박깜박하는 할마의 정신줄을 잡아당겨 주곤 한다. 알람인 줄 뻔히 알면서도 울릴 때마다 놀라는 할마는 육아 돌보미 4년 차인데도 아직 적응이 안 돼 실소를 짓곤 한다.

할마는 공무원처럼 주일과 빨간 날은 쉬고, 또 딸이 쉬는 날도 쉰다. 며칠 전 화요일은 징검다리 공휴일이었다. 월요일 같은 수요일 아침, 좀 서둘렀다. 딸과의 아침 인사 톤이 하이 소프라노다.

할마의 일은 자고 있는 연우와 지우를 깨우면서 시작된다. 옷을 갈아입히고 아이들이 아침을 먹는 동안 머리를 빗겨 준다. 고무줄을 여러 개 이용하여 묶어 놓은 머리 위에 꽃이 피어난다. 뒤에서 한 번, 앞에서 한 번, 쳐다보는 할마의 입꼬리가 올라간다. 참 예쁘다.

"할머니, 나는 언제쯤이면 학교에 혼자 갈 수 있어?" 하고 묻는 초등학교 2학년 지우는, "다녀오겠습니다" 하고 큰 소리로 외치며 달려가는 4학년 언니와 혼자 등교하는 아이들이 부러운 모양이다. 그런다고 할마는 혼자 보내지 않는다. 하지만 하교 시간에 교문 앞에 서 있는 할마를 발견하고 온몸으로 웃으며 달려와 안긴다. 사랑스럽다.

먹고 싶으면 먹고, 자고 싶으면 자고, 가고 싶으면 훨훨 돌아다니던 자유로운 할마는 손녀들과의 신경전으로 체력이 차츰차츰 소진되어 갔다. 사랑만으로 이기지 못할 때, 직장이다 생각하고 최선을 다하자는 주문을 외웠다. 그리고 이제는 손녀들과의 기선 잡기 신경전도 평정했다. 평화로운 날이 많아지고 손녀들이 하굣길에 "할머니, 저 수학 백점 맞았어요!" 하면 할마는 정말 행복하다. 간식을 준비하는 손길에 신바람이 난다.

오래 신어 편안 신발 같은 자동차 운전은 할마가 50대에 한 일 중 가장 잘한 것이다. 온전한 기동력으로 손녀들의 학원과 병원을 데리고 다닐 때 할마는 기분이 좋다. 그런 할마가 지우도 좋은 모양이다. 어느 날 지우가 "할머니, 나 커서 운전면허증 따면 할머니 차 나한테 줄 수 있어?" 하고 물었다. 그때쯤이면 이 차는 헌 차가 되니 새 차를 사 준다고 해도 할머니 차가 제일 좋단다. 그 말에 할마는 또 기분이 좋아진다.

손녀들을 돌보느라 환갑을 넘긴 나이에 훨훨 날던 날개를 접었다. "애들 보면 늙는다"는 주변의 우려에도 피할 수가 없었다. 내 감정이 요란하게 부딪힐 때마다 "가장 좋은 일은 가장 하기 힘들다"는 글귀를 떠올리곤 한다. 할머니에서 할마가 된 나는 일별 동선을 만들어 바쁘게 움직이고 있다. 아침운동, 문화센터, 주민센터로 뛰어다니고 손녀들 학교 교문 앞에서 매일 만나는 할마들과 벤치 데이트를 즐기기도 한다.

세상에 좋은 결정인지 아닌지 미리 아는 사람은 없을 것이다. 할마도 그렇다. 좋은 결정이었다고 생각하게 노력할 뿐이다. 이제 60대에 가장 잘한 일은 할마가 된 것이 아닐까. 알람 소리에 화들짝 놀라면서도 하루하루 웃음으로 윤택해진 지금의 일상이 이제는 할마의 몸에 딱 맞는 옷과 같이 편해진 것 같다.

"신은 모든 곳에 있을 수 없어 어머니를 만들었다"고 하지 않던가. 딸의 딸이라고 말하는 연우, 지우는 할마를 엄마의 엄마라고 부른다. 할마는 엄마의 엄마다. (2013)

말하는 꽃

문자 알림 소리에 휴대폰을 봤다. 딸 이름으로 입금되었다는 알림이다. 별말이 없었는데 웬 돈인가 싶어 딸에게 전화를 걸었다.

"엄마, 월급 선불이지. 잘 부탁드려요."

사위가 다니는 회사 본사가 부산으로 옮기는 바람에 딸네는 주말부부가 되었다. 딸은 제 회사 근처 상암동에 집을 마련하여 이사했다. 큰손녀 연우의 초등학교 입학 시기에 맞추고 작은 손녀 지우의 유치원도 가까운 곳에 있어 모든 것이 순조롭게 진행되어 간다고 좋아하는 딸과 사위가 대견스럽다. 나도 3년 전 약속대로 기꺼이 손녀들을 돌봐주기로 했다.

딸은 이사하기 전에 큰 집을 장만해서 같이 살자고 했지만,

나는 내 집에 살면서 출퇴근하기로 했다. 첫 출근 날, 8시까지 가면 되는데 긴장하여 7시에 도착했다. 둘째 날 오후 왼쪽 눈이 간지러워 무심코 비볐더니 쓰리고 아파 눈을 뜰 수가 없었다. 빨간 토끼눈으로 퇴근하면서 약국에 들렀다. 안약을 주며 내일 병원에 가 보라고 했다.

다음 날 안과 처방약을 받아 오면서 사람의 마음이 얼마나 간사한지 지그시 눌러야 했다. 주변에서 "애들 보면 늙는다. 편한 백성이 가로늦게 어떡하니"라는 소리를 들었을 때도 큰 소리로 웃었는데, 이틀 만에 양쪽 눈 실핏줄이 터져 버렸다.

연우는 초등학교, 지우는 유치원, 나도 새로운 환경에 익숙해질 시간이 필요했다. 방과 후에 독서 논술, 미술, 영어 뮤지컬을 배우는 연우는 태권도와 피아노도 배우기 시작했다. 요일마다 다른 학원 시간에 맞춰 잘 다니는 연우가 대견했는데, 어느 날 열이 나더니 밥을 먹지 못했다. 병원에서 이름도 생소한 구내염이라고 했다. 혀와 입 안 전체에 물집이 생기고 물조차 삼키지 못하고 열이 났다. 닷새를 앓았다. 전염성이 있어 학교도 결석하고 내처 잠만 잤다. 앓고 나서 늙어 버린 할머니와는 달리 연우는 부쩍 크고 밝게 웃으며 콩콩 뛰어다녔다.

오전에 유치원을 마치는 지우를 데리고 연우 학교에 가서 학원까지 데려다주는 동선을 매일 반복한다. 언니 하교 시간에

5분 여유밖에 없어도 지우는 느긋하다. 조경이 잘 된 학교 울타리 돌계단에 올라가 사진을 찍고, 아직은 차가운 돌 틈에서 꽃을 피워 올린 향나무와 민들레를 들여다본다.

"할머니, 할머니 꽃이 피었어."

"어머나, 정말이네!"

"할머니, 그런데 벌이 있어. 할머니, 벌은 왜 꽃에게 오는 거야?"

"응, 꽃에 꿀이 있나 보러 왔지. 그리고 예쁘니까 오는 거야."

"할머니, 할머니, 어떻게 해. 벌이 나한테 오려고 해."

"우리 지우도 꽃처럼 예쁘니까 벌이 오려고 하나 보다."

"할머니, 말하는 꽃도 있어?"

"있지. 요기 있지. 우리 지우가 꽃보다 더 예쁘지."

환하게 웃는 지우 손을 잡고 걸어가면서 예전 어른들의 말씀이 생각나 지우와 눈맞춤을 하며 웃었다. "꽃 중에 인人 꽃이 제일 예쁘다"던 말뜻을 이제야 알 것 같다. 또 "예쁜 건 예쁜 거고 힘든 건 힘든 거다"는 말도 내 피곤한 몸에서 느껴진다. 눈으로 보고 있어도 보고 싶은 손녀들, 그런데도 아이들과 신경전을 벌일 때가 있다.

지난 3년 동안 친할머니와 지낸 아이들과 나와의 조율이 필요했다. 우리는 보이지 않는 기 싸움을 시작했다. 절대 밀릴 수 없는 팽팽한 기류에 휘말리기 전, 마침 내가 장염에 걸려 일주일간 고생했다. 그리고 아이들과 저절로 휴전상태가 되었다. 연우는 학교에서 배운 가족 숫자에 엄마, 아빠, 동생 그리고 할머니까지 다섯이라고 했고, 지우는 유치원에서 배운 홀수라고 했다.

행복은 선택이라고 한다. 꽃 중의 꽃을 둘씩이나 옆에 두고 매일 보는 것을 선택한 나는 잘했다는 생각이 든다. 누가 나에게 와락 달려와 두 팔로 안아 줄 것인가. 누가 나에게 사랑한다며 얼굴에 쪽쪽 뽀뽀를 해 주겠는가.

자주 혓바늘이 돋고 아픈 허리가 더 꼬부라져도 꽃 중의 꽃, 말하는 꽃이 "할머니" 하고 부르면, 미다스의 손을 가진 할머니는 뚝딱 해결사가 되기도 한다. 신은 모든 곳에 있을 수 없어 어머니를 만들었다고 하지 않던가. 나는 아이들의 엄마의 엄마다.

(2015)

미션mission

긴급 재난 문자는 폭염 특보 발령 중이다. 선풍기와 에어컨을 동시에 틀고 실내에 있다가 밖으로 나가면 숨이 턱턱 막히고 등줄기에 고랑처럼 땀이 줄줄 흘러내린다. 이런 날, 할머니 집에 가고 싶다는 연우의 전화를 받았다. 떡국이 먹고 싶다는 주문도 함께.

때아닌 떡국 끓일 준비를 하느라 냉장고를 열어보나마나 아무것도 없다. 정육점과 마트에 들러 오는데 땀이 한 바가지다. 소고기로 육수를 만들고 냉동 떡은 찬물에 담가두고 현관 앞에 나가 주차장을 바라보며 기다리는 시간은 덥지 않은 걸 보면, 매일 보던 아이들을 며칠 못 봐 더 보고 싶은 마음이 앞서기 때문일 거다.

역시 할머니의 떡국이 최고라며 한 그릇 뚝딱 비우고 아이들이 놀이터에 가자고 조른다. 손녀들이 이름을 지어 준 나무 놀이터는 굵고 가는 나무를 밧줄로 이어 만든 용기와 끈기가 필요한 고난도 놀이터다.

모험심이 강한 여덟 살 연우는 작년부터 오르내리며 놀던 곳이라 걱정이 없지만, 여섯 살 지우는 언니보다 여리고 겁이 많다. 그런데 몇 주 전까지 올라가지 못하던 곳을 거뜬히 올라가는 걸 보고 신기해서 쳐다보는 내게 지우가 말했다.

"할머니 미천 주세요."

"뭐라고?"

"미천 주세요."

"그게 뭔데?"

"아이, 뭐 하라고 시키는 거 있잖아요?"

지우는 높은 곳에 올라가 자랑스럽게 다음 미션을 달라고 했던 것이다. 순간 청력이 약한 내 귀를 의심했다. 설마 여섯 살 아이가 미션을 알까 싶었는데, 쓸데없는 기우였다. 지우는 정확하게 뜻을 알고 말했는데 엉뚱하게 알아듣는 할머니가 답답한 듯 "미" "션" 하고 또박또박 말하며 아래를 내려다봤다. "아하, 미션!" 하며 네가 하고 싶은 대로 하라고 했지만 지우는 굳이 미션을 달라고 했다. 얼른 생각이 나지 않아 반대편으로 내려오라고 했다.

폭염에 땀을 뻘뻘 흘리며 미션을 원하는 지우, 미션 없이도 스스로 생각하고 행동하는 연우를 보며 문득 나의 일상생활에도 지우처럼 미션이, 연우처럼 용감한 직진이 있었다고 생각해 본다. A4 용지에 곡선을 그린다면, 나를 아는 사람들이 알고 있는 것보다 더 많은 곡선이 그려질 것이다. 원점에서 시작하여 오르내림이 선으로 이어져 아리랑 곡선이 될 것이 분명했다. 아마도 지금 이 시점은 내림의 중간 지점이다. 내려가야 오름으로 갈 수 있는 것처럼 오르기 위해 내려가고 있는 것이다.

나도 미션 수행 중이다. 하늘에서 주신 것으로 생각한다. 예쁜 건 예쁜 것이고 힘든 건 힘든 것이라는 육아 문제는 맑음과 흐림에서 비를 동반하는 날씨와도 같다. 정말 잘 돌보겠다는 마음다짐으로 시작한 육아 미션이 벌써 육 개월이 되었다. 잠깐 주말에만 보던 아이들은 할머니 말을 잘 듣곤 했는데 막상 같이 지내면서 달라졌다.

딸이 상암동으로 이사하면서 달라진 게 참 많다. 연우는 초등학교 입학, 지우는 새 유치원으로 등원, 나는 아침 일찍 상암동으로 출퇴근하는 직장인이 되었다. 우리는 모두 미션 수행 중이다.

(2015)

첫사랑 연우에게

첫사랑 연우야!

우리가 함께 지낸 지 벌써 7년. 그 시간을 돌아보는 오늘은 연우의 초등학교 졸업식 날이다. 달려가서 축하 꽃다발을 안겨 주고 기념사진을 찍고 점심도 함께 먹고 싶었지만, 코로나 때문에 5인 이상 집합 금지여서 할머니는 참석도 못하고 집에서 축하 메시지를 보냈지.

너의 엄마가 보내온 기념사진에서 넌 마스크에 얼굴이 가려져 있지만, 눈꼬리가 살짝 내려간 걸 보면 밝게 웃으며 행복해한다는 걸 알 수 있단다.

지지난해 할머니가 너희들에게 약속 하나 했었지. 초등학교 졸업하고 중학교 입학 전에 너희와 함께 해외여행을 가고 싶다고 말이야. 하지만 지금은 갈 수 없으니 언제일지 모르지만 다음을 기약하는 수밖에 없구나. 그때까지 기다려 보자.

연우야, 너는 할머니에게 첫사랑이고 첫정이란다. 너를 처음 만났을 때 그 기쁨과 고마움, 그리고 감사의 눈물을 흘릴 만큼 감격적이었단다. 너는 보고 있어도 또 보고 싶은 사랑스러운 아기였지. 연우가 어렸을 때, 그러니까 할머니가 너의 집에 가서 너희를 돌보기 전에 우리가 가끔 만나면 서로 좋아하는 감정을 숨기지 않았단다.

연우야, 네가 여섯 살 직 이야기인데 기억이 날지 모르겠다. 그때 할머니 차를 세차하는 동안 한 번 같이 있었는데, 그 후 너는 세차 중에 차 안에 있는 걸 좋아했단다. 초겨울쯤이었나 보다. 너희 가족이 우리 집에 왔다가 일어서는데 네가 갑자기 "오늘 밤 할머니 집에서 자고 가면 내일 빠방이 세차하자"라고 했단다. 혼자 자고 가겠다는 용기가 대단하여 오케이 했지.

그런데 텔레비전을 보다가 밖이 캄캄해지자 아주 작은 목소리로 "엄마 보고 싶다" 하더니 억지로 참고 처음으로 우리는 마주 보고 잤지. 다음 날 진눈깨비가 내리고 추웠지만 우리는 약속대로 세차를 하러 갔어. 그때 네가 이렇게 말했단다.

"할머니, 빠방이가 춥겠어. 찬물로 목욕하잖아."

그러면서 자동 세차하는 걸 신기하게 바라보았지. 집에 가서는 첫 외박을 큰 소리로 자랑했단다.

그리고 언젠가 너랑 할머니랑 전철을 타고 강남에 간 적이 있단다. 네 기억 속에 남아 있을지 모르지만 처음에는 호기심에 신나하더니 전철이 지하로 들어가 창밖이 캄캄해지자 할머니에게 매달리며 엄마를 찾았단다. 할머니가 안아 주면서 설명하는 동안 전철은 빠르게 달려 곧 밝은 역사로 들어섰고, 사람들이 내리고 타는 것을 보자 재미있다며 신발을 벗고 의자에 올라가 창밖을 보며 손뼉을 치기도 했지.

너희를 돌보기로 한 날 할머니는 너희에게 약속했지. 아니 나의 바람을 이야기했지. 첫째, 할머니는 거짓말을 싫어한다. 둘째, 둘이 싸우지 마라, 만일 둘 중에 누가 누구를 한 대 때리면 두 대를 때리는 체벌이 있다. 셋째, 울면서 이야기하지 마라. 넷째, 들고나면서 큰 소리로 인사해라.

그리고 어느 날인가 연우가 할머니에게 물었지.

"할머니, 엄마가 아무 말도 안 해요?"

어제 둘이 다투면서 어깨를 한 대 때렸다는 지우 말에 그 약속을 상기시키면서 그 자리를 살짝 두 대 때렸는데 그걸 엄마에게 일렀구나 싶더라. 그래서 할머니가 너희 엄마에게 물었지.

"너 왜 니 딸 때렸는데 아무 소리 안 하니?"

"엄마가 괜히 그랬겠어, 그럴 이유가 있었겠지요."

그래서 다음 날 할머니가 말했지.

"연우야, 웬만하면 엄마에게 일러주지 마. 할머니는 엄마의 엄마라서 너의 엄마가 할머니 못 이긴다. 엄마 속만 상하니까 우리 문제는 우리 둘이 해결하자."

그런저런 일로 네가 언니여서 불이익을 당할 수도 있겠구나 싶지만, 할머니는 누구를 더 사랑하는 게 아니고 똑같이 사랑하는데 할머니의 훈육이 너에게 상처가 되었다면 사과하마. 결코 너와 지우를 차별하거나 네가 미워서 그런 적은 없단다. 네가 언니여서 동생과의 관계를 염려한 것뿐이란다.

얼마 전 할머니의 친한 친구가 하늘나라로 가 할머니는 무척 우울했단다. 내색하지 않고 이겨 내려고 너에게 자꾸 말을 걸고 뭐든 시켜보았는데 너는 대답도 짧게 하고 같은 공간에 있는 것이 부담스러운지 방으로 거실로 옮겨 다니더구나.

언제나 사랑하는 연우에게 할머니가 부탁하고 싶은 것이 있단다. 마주 앉아 손을 잡고 이야기하고 싶지만, 그러면 서로 불편할 수도 있다는 생각이 들어 편지를 쓴다. 중학교에 가면 더 얼굴을 마주할 시간이 없을 것이다. 그래도 우리가 마주 보는 시간에는 서로 반가운 얼굴로 대화하자. 외출하거나 돌아왔을 때는 큰 소리로 인사해 주면 좋겠다. 너는 밝게 웃는 모습이 제일 예쁘단다. 무엇이든 고민이나 속상한 일이 있을 때 할머니에게 말해 주면 좋겠다. 이래 봬도 할머니 왕년에 상담 선생님이었단다.

그동안 바르게 잘 자란 연우가 이제 청소년기에 접어들었구나. 함께하는 동안 서로 사랑하며 잘 지내기를 부탁한다. 연우는 할머니에게 첫사랑이고 언제나 천사란다. 사랑한다. (2021)

내리사랑 지우야

내리사랑 지우야!

너는 태어났을 때 아기 같지 않고 머리카락이 풍성하고 이목구비가 뚜렷했단다. 그리고 늘 웃는 얼굴이었지. 2010년 11월 8일에 태어난 지우를 산후조리원에서 처음 만나고, 벌써 12년이 지났지만 생생하게 기억나는구나. 연우 언니가 할머니의 첫사랑처럼 무조건 무한 사랑이었다면, 너에 대한 사랑도 조건 없는 내리사랑이란다.

네 엄마가 산후조리원에서 2주 있다 집에 돌아와 한 달간 도와주던 도우미가 간 후 6개월 동안 너를 돌보면서, 할머니는 주로 연우를 보살폈지만 순간순간 너에게 달려가곤 했단다. 너는 젖을 먹을 때 힘을 주어 눈썹이 빨개지곤 했지. 그 모습이 르누아르의 그림처럼 호감과 애정을 자극시키는 3B(baby, beauty, beast) 중 하나인 때묻지 않은 순수 그 자체였는데, 벌써 6학년이 되는구나.

지우가 여섯 살부터 우리는 매일 만나게 되었지. 너희가 상암동으로 이사를 오면서 연우 언니는 초등학교에 입학했고, 너는 새로운 유치원에 등원하는 아침. 네 엄마 출근 전에 도착하기 위해 할머니는 분주한 아침을 시작하곤 했지.

손을 잡고 유치원 가는 길에 토끼풀 꽃과 민들레가 피어 있는 화단이 있는데, 너는 꼭 거길 한 바퀴 돌아서 꽃을 보고, 민들레가 홀씨 되면 꺾어서 포자를 날리는 걸 좋아했지. 원래 둘째가 자립심이 강하다고 하는데, 한글은 언니 어깨너머로 저절로 배우는 것 같더라.

지우야, 그렇게 2년간 유치원에 다닌 넌 초등학교에 입학했고, 학교생활에 적응하는 것도 빨랐지. 언니 덕분에 학교도 낯설지 않고 유치원의 연장선으로 생각하는 것 같더라. 그리고 언니와 다투지도 않고 언니는 언니답게, 동생은 동생답게 배려하는 모습에 할머니는 편하게 너희들과 시간을 보낼 수 있단다.

몇 년 전 이야기가 생각나서 기억을 더듬어 보마. 너희가 엄마와 처음 떨어져서 할머니와 이틀 밤을 자야 하는 때였다. 안방에 우리 셋이 누웠는데 걱정스런 얼굴로,

"할머니, 불 켜고 자면 안 돼요?"

"엄마가 없어서 무섭니?"

"네."

"화장실 불을 켜놓고 안방엔 끄자. 할머니는 누구든 다 이길 수 있으니 걱정하지 말고 자자."

"역시 우리 할머니 최고!"

너는 할머니를 향해 엄지척하고서 할머니 품에서 잤지.

할머니가 아침에 너희 집에 들어서면 와락 달려와 안기고 퇴근할 때도 늘 포옹하는 지우야, 엘리베이터 앞에서 외출할 때마다 우리의 작별 인사는 좀 유별나지. 손가락 하트, 팔을 머리 위로 올리는 큰 하트, 입술을 오므려서 손바닥 위로 하트를 날리다가 엘리베이터 문이 닫히곤 했지. 환한 얼굴로 돌아서는 할머니는 그날의 피곤함을 잊고 힐링이 되곤 했다.

조금 내성적인 듯 조용하기도 하지만 놀이기구 앞에서는 과감한 지우야, 지난겨울 함께 갔었던 강릉 바닷가에서 파도와 밀당을 할 때도 그랬지. 닿을 듯 말 듯 파도를 피해 뒷걸음질하며 큰 소리로 웃던 모습이 눈에 선하다. 파도가 선물해 준 조개껍데기를 주섬주섬 챙기는 조그만 손은 영락없는 아이인데, 하슬라아트월드 미술전시관에서 체험하고 포토존에서 사진을 찍을 때, 할머니는 오금이 저리도록 무서웠는데 너희는 용감하게 포즈를 취하는 걸 보고 "아, 역시!" 하고 느꼈단다.

지우야, 코로나 때문에 집에 있는 시간이 많아지고, 너는 휴대폰을 들여다보는 시간이 많아졌다. 할머니가 슬쩍 지나가는 척하며 뭘 보는지 엿보면 얼른 감추고 보여 주지 않는 너. 유튜브 보는 거 줄이라고 하면 "네" 대답은 잘하면서도 스톱이 안 되더니, 어느 날 네 책상 컴퓨터 모니터에 '유튜브 보지 않기'라고 쓴 메모지가 붙어 있더구나. 6학년 올라가기 전의 마음가짐을 칭찬해 주고 싶어 너를 안아 주며 다시 다짐받았지.

할머니가 첫사랑 연우와 내리사랑 지우 덕분에 웃을 일이 많아지고 살아가는 이유라는 걸 이제야 고백한다.

나의 천사, 나의 사랑아! (2022)

이모님

어머니 형제 중 막내인 이모님은 올해 일흔둘이시다. 장남은 서울에서 학교에 다니고, 아래 두 남매는 미국으로 유학을 보내 자리를 잡았다. 그리고 오십 대 중반에 이모부 형제들이 사는 미국 서부 쪽으로 이민을 가셨다. 그런데 도착하자마자 부동산을 하는 그들의 권유로 묘지를 샀다는 전화를 받고 얼마나 웃었는지 모른다.

"하하하, 이모 돌아가시면 길에 내다버릴까 걱정이슈?"

"아니 그런 게 아니고 아이들 부담 주기 싫어서 그렇지."

이모님은 그런 핑계를 댔지만, 그곳 생활이 기대에 못 미치고 허전한 마음에 그들의 말에 현혹되어 묘지를 사면서 위로받고 싶었는지도 모르겠다. 노인네처럼 그런 생각을 한다고 놀려도 허허로운 웃음만 날리셨다. 오히려 짠한 내 마음이 전달될까 염려되었다.

멋쟁이 이모는 모습도 목소리도 우리 엄마를 닮아 통화하면 엄마라고 부르고 싶어진다. 우리 세 자매 중 둘째는 서울로 유학하여 여고 시절 이모님 댁에서 신세를 졌다. 아무리 친정 조카라지만 군식구가 와 있다는 게 얼마나 불편하다는 걸 잘 아는 둘째는 언제나 나보다 용돈을 후하게 드린다. 이민 후 환갑쯤에 서울에 오셨을 때 선물로 우리 세 자매가 금반지와 금목걸이를 해 드린 걸 두고두고 고맙다고 하셨는데, 어느 날 도둑이 들어 몽땅 잃어버렸다고 안타까운 말씀을 몇 번이나 하셨다.

2년 전 이모부가 혼자 서울에 오셨을 때 약간 치매기를 보이셨지만, 내가 사드린 지팡이를 짚고 산책을 하신다는 소식을 들었는데 어느 날 부고가 날아왔다. 그리고 이번 명절에 장남이 제사를 모시겠다고 하여 추석 전날 입국하여 공항에서 전화를 하셨다.

"나다. 별일 없지? 이번에 고사리 가져왔다. 내일 갖다 줄게."

어제 안부를 주고받던 이웃에 사는 이모처럼. 천생 우리 엄마다. 와락 그리워 큰 소리로 대답했다.

이모님은 추석날 우리 집으로 오셨다. 10여 년 만의 해후다. 오랫동안 보지 못한 반가운 이를 만나는 것은, 오랜만에 맛있는 음식을 먹는 것과 비슷하다. 음식 솜씨가 좋은 이모님 입맛에 맞을지 걱정했는데 잘 드시니 감사했다. 칠순이 지난 양반이 어쩌면 그리도 고우신지. 열세 살 차이 나는 나보다 더 탱탱한 피부에 여전히 멋진 헤어스타일, 드레시한 옷맵시. 생각 없이 아무렇게나 입고 있는 나와 비교되었다. 이종사촌 식구, 두 동생 내외, 딸네 식구가 다 모이니 대가족이다. 모처럼 사람 사는 집 같이 북적거리니 몸은 바쁘지만 사람 사는 냄새가 좋았다.

이모님을 모시고 안면도 여행을 가기로 의견을 모았다. 고속도로 휴게실에서 만나 이모님이 준비한 김밥을 먹었다. 옛날 그 솜씨 그대로였다. 그리고 달렸다. 노을이 예쁜 바닷가는 인산인해였다. 리조트에 여장을 풀고 어시장으로 갔다. 해산물을 좋아하시는 이모님을 위해 회를 뜨고, 새우와 꽃게는 찜으로, 자연산 홍합과 맛조개로 탕을 끓였다. 진한 곰국 같은 국물에 부추로 고명을 얹었다. 오랜만에 음식다운 음식을 먹는다며 행복해하는 이모님. 무릎걸음으로 다가가 무릎맞춤으로 재롱을 떨었다.

침대방에서 주무시라고 했지만 이모님은 우리 방으로 오셨다. 이모님을 가운데 두고 동생들과 나란히 누웠다. 내가 국민학교 입학 전 우리 집에서 같이 산 적이 있는 이모님은 나와의 추억을 얘기하며 나를 놀리고는 재미있어했다. 입학식 날 입었던 옷과 신발은 물론, 1학년 때 내가 했던 저금이 환에서 원으로 화폐개혁이 된 것 등을 기억했다가 들려주셨다.

“엄마, 나 4등 했어.”

“그래, 몇 명이 뛰었는데?”

“네 명.”

국민학교 1학년 꼬맹이가 집에 뛰어와서 엄마와 나눈 이야기는 이모님이 나를 볼 때마다 놀려먹는 단골 멘트였다. 지금도 그렇지만 어려서부터 몸치인 나는 달리기를 할 때 발이 먼저 안 나가고 몸이 먼저 나간다. 그래도 형제 중에 내가 제일 예뻤다고 추켜세우는 깔끔한 마무리에 함께 웃었다.

함께 살았던 둘째에게는 칭찬 일색이었다. 특히 고3 때는 이불을 아예 깔지 않고 책상 앞에 앉아 밤새워 공부하던 것과 네 살 터울의 이종사촌이 둘째와 비교되어 야단을 많이 맞은 이야기. 그렇게 열심히 한 결과가 좋다고 대견해하셨다. 오십 줄에 든 둘째나 나는 이모님께 존댓말을 잘 안 한다. 통화할 때는 ‘예, 예’ 하지만 바로 앞에서는 ‘응, 응’ 한다. 그래야 더 친밀감을 느낀다고 생각하는 그것은 반말하는 이나 듣는 이의 묵계였다.

“이모, 미국 처음 갔을 때 이야기 좀 해 봐.”

막내와의 추억이 별로 없는 이모님께 내가 궁금했던 이야기를 꺼냈다. 약간은 흥분된 듯 한숨을 쉰 다음 목소리 톤이 높아졌다. 시동생이 이민을 적극 권했고 초청장을 보내와 들어갔는데, 이민을 하는 사람들에게 붙어 다니는 징크스가 있다면서 먼저 들어온 사람이 나중에 온 사람에게 사기를 치고, 당한 사람은 또 아는 사람을 초청해 똑같은 사기를 치는 전설 아닌 전설 같은 악습에 바로 걸렸다고 한다. 시동생에게 묘지를 사고, 이민 가방도 풀기 전에 이전저런 일로 피해를 본 후 승용차에 짐을 싣고 동부로 이사를 갈 수밖에 없었다는 얘기는 눈물 없이는 들을 수 없는 신파였다.

영어도 안 되는 중년 부부가 달랑 지도 한 장을 들고 서부에서 동부로 운전해 가야 했다. 모텔은 경비도 문제지만 말이 안 통하니 겁이 나서 차에서 밥을 해 먹고 자야 했다. 노숙자와 다름없는 생활을 하며 열흘 만에 겨우 도착한 동부에서도 절벽 앞에 서게 되었다. 딸의 친구가 하던 일식집을 인수하기로 하고 계약금을 송금하고 왔는데, 그쪽에서 일방적으로 파기하는 바람에 오지도 가지도 못하는 신세가 되었을 때 용감한 이모님이 나서서 원만하게 보상을 받았다는 것과, 이모님이 서울에서 하셨던 양초공예, 꽃꽂이, 소문난 음식 솜씨로 성당에서 일을 하시고 이모부님은 역시 전공을 살려 직장을 구해 살 길이 마련되자 또 묘지를 샀다고 한다.

이 대목에서 또 빵하고 웃음이 터졌지만, 이모부님이 돌아가셨을 때 멀리 있는 자식들이 오기 전에 성당에서 장례 준비를 해 주고, 준비해 간 수의와 묘지가 있어 많은 위로가 되었다고 하셔서 우리는 잠시 숙연해졌다. 또 성당 교우들이 이모님을 볼 때마다 '복딩이 할머니' 온다고 손뼉을 친다고 했다. 미국의 사회보장제도 중 보험에 배우자가 80세가 넘어서 사망하면 보험료가 50%만 지급되는데 78세에 돌아가신 이모부님 덕분에 100% 보험료를 받아 교우들이 '복딩이'라 놀리면서도 부러워한다고 했다.

그리고 운전을 배워 가고 싶은 곳은 어디라도 갈 수 있고, 이모부님 병원에 모시고 다닌 이야기, 운전 배울 때 이모부님이 운전을 배우려면 이혼하자는 말을 거역하고 배웠는데, 이모부님 병원 모시고 다닐 때마다 이혼하자고 놀려먹었다고 한다. 나에게 전화할 때마다 실크로드가 있고 멋진 남자가 많은 미국에 이민 와서 팔자를 바꿔 보라고 야단이시더니, 이제는 지치셨나 보다. 당신이 더 늙기 전에 운전하고 다닐 수 있을 때 관광이라도 다녀가라고 했다.

외롭게 혼자 지내지 말고 장남이 사는 인천으로 돌아오시라고 권유하는 우리의 말에 외로울 시간이 없다는 이모님은 덴버에 아담한 집을 사서 텃밭을 만들고 고추며 온갖 채소와 배추를 심어 김장까지 하고 꽃도 심어 친구들과 티파티도 즐긴다며 노년이 행복해 죽겠다는 표정을 지으셨다.

그러나 나는 걱정이 앞섰다. 장남의 집에 왔으나 잠시 다녀가는 손님 같은 마음을 웃음 뒤에 감추고 있지는 않는지. 잘하려고 애쓰는 아들 내외의 정성을 측은지심으로 보지는 않는지. 추석에 올리는 이모부님의 첫 제사상을 며느리와 준비하면서 잘 부탁한다는 말도 아끼신 건 아닌지. 걱정은 했지만 밤이 깊어 갈수록 이야기는 우리가 공유했던 과거의 시간으로 달음질쳤다.

바람 냄새가 좋은 아침, 산책을 나선 백사장은 고운 체로 걸러낸 콩가루 같고, 썰물이 된 바닷물은 저만치에서 잔잔했다. 곱디고운 백사장을 걸어 들어갔다. 백사장에는 입체적인 지도가 군데군데 펼쳐져 있었다. 높고 낮은 산이 있고 바위가 있고 계곡이 있어 그 사이로 물이 흐르고, 그곳에서 서식하는 생명들은 잠시 잠에 빠져 꿈을 꾸는 듯 아주 가끔 꿈틀댈 뿐 기척이 보이지 않는다. 작은 종지만 한 웅덩이에 있는 물고기가 모래 색깔로 보호색을 띠고 눈에 보이지 않을 만큼 움직인다. 생존 본능이 놀랍다.

이모님도 저 물고기처럼 덴버의 색깔로 보호색을 입지 않았을까. 부산광역시민에서 서울특별시민이 되기 위해 적응 기간이 필요했던 나의 경우는 두 동생이 있어 많은 의지가 되고, 딸아이가 함께 있어 빨리 서울의 색깔에 물들 수 있었지만, 두 분 금슬이 유난했는데 이모부님이 돌아가시고 혼자 남은 외로움의 옷을 아직 벗지 못하신 듯하다.

그러나 외로움이 소낙비로 쏟아질 때는 아무리 큰 우산을 써도 온몸을 다 적신다는 걸 아직은 모르시는 이모님. 지금은 가랑비에 우산을 쓰고 계시는 것 같다. 세월이 흐르고 시간이 가고 새록새록 생각나는 그리움, 문득문득 느껴지는 한기처럼 오는 아픔을 모르시는 것이 분명하다. 그저 즐거워 죽겠다는 표정으로 덴버의 생활을 들려주었다.

한낮은 뜨거워도 삼림욕장에는 갈아입을 옷을 준비하는 나무들이 분주하다. 삶의 일생을 사계절로 구분한다면 나는 초가을쯤이고, 이모님은 늦가을에서 겨울로 가는 길목에 막 들어선 연세다. 계절의 변화에는 겨울이 가면 봄이 오는 희망이 있지만 우리 인생사에는 겨울이 지나면 더 이상의 봄은 없다. 야금야금 먹어 치우는 접시 위의 곶감처럼 없어지는 시간을 붙잡아 금고에 넣어 두고 필요할 때 필요한 만큼만 꺼내 쓰면 얼마나 좋을까 하는 생각이 요즘 부쩍 많이 든다. 내 마음이 이럴진대 이모님의 마음이야 오죽하랴.

내가 강력히 추천한 예산 고덕갈비 집을 찾아가는 길. 승용차 두 대가 지도에만 의지하여 찾아가면서 둘째 동생이 맛없으면 가만 안 있겠다는 소리를 할 정도로 힘들었다. 기대감을 부추겨 가며 어찌어찌 찾았다. 초벌구이해서 나온 갈비를 연탄불에 불

샤워만 시켜서 무청 시래기 된장국과 맛나게 먹고 우리는 이번 여행의 마침표를 찍었다.

갈비가 입에서 살살 녹는다며 좋아하시는 이모님. 둘째 동생을 비롯하여 모두 엄지척했다. 옛날이야기는 식사 시간 내내 이어졌지만 처음 듣는 것처럼 추임새를 넣으면 신나하셨다.

정말 헤어질 시간이 되었다. 다리를 구부려 키 작은 이모님을 두 팔에 힘을 주어 안았다. 먹먹한 가슴으로 이모님의 두 볼을 비비며 사랑한다고 말하면서도, 이제 다시 뵐 기회가 오지 않을 것 같은 생각에 울컥 눈물이 쏟아질 것 같았지만 애써 참으며 이모님을 바라보았다. 아! 이모님도 그리 생각하시나 보다. 붉어진 이모님 눈에도 이슬비가 촉촉하게 내리고 있었다. 우리는 모두 딴전을 보며 이슬비를 훔쳤다. (2012)

꽃비 내리는 소리

해운대를 지나 청사포로 넘어가는 길, 달맞이고개는 흐드러진 꽃들로 꽃대궐을 이루고 있었다. 꽃길을 걷다가 눈에 들어오는 카페 앞에서 걸음을 멈추었다. 아! 이곳은 지하에서 바다가 보이고 주인의 색소폰 연주가 참 좋았던 곳이다. 바뀐 간판과 주인은 낯설었지만 테이블과 의자는 그렇지 않았다. 십여 년 만에 찾은 이곳은 사실을 고백하면 영문도 모른 채 내 아픔이 시작된 곳이다.

그날, 내 앞에 앉아 색소폰 연주를 함께 듣던 친구들이 갑자기 붕어처럼 입만 벙긋벙긋했다. 갑자기 왜 그러지? 하다가 어질어질 몽롱해졌다. 정신을 차려 보아도 그들의 이야기 소리가 들리지 않았다. 두 귀를 곤두세워 보았지만 아무 소리도 들리지 않고 먹먹했다. 우스운 이야기였는지 친구들이 와~ 하고 박장대소하는 모습을 보고 한 박자 늦게 겸연쩍게 따라 웃었다.

당황스러웠다. 연필을 자에 대고 빗금을 딱 그은 것처럼 조금 전과 후가 달랐다. 그렇게 한참을 있다가 친구들에게 내색하지 않고 숙소로 돌아왔다. 그리고 삼십 분만 자고 일어나야지 했는데 눈을 떠 보니 아침이었다. 일시적인 현상이겠지 했는데 오른쪽 귀는 아침이 되어도 마찬가지였다.

서둘러 서울로 돌아왔지만 다음 날에야 동네 이비인후과에 갔다. 큰 병원 응급실로 빨리 가라는 의사에게, 점심 약속이 있는데 식사 후에 가면 안 되냐고 했더니 의사는 어처구니없다는 표정으로 지금 밥이 문제가 아니라고 호통을 쳤다.

약속을 취소하고 종합병원으로 갔다. 돌발성난청이라고 했다. 처음 들어본 이 병은 세계적으로 5천 명에 한 명이 걸린다는데, 그 확률에 적중한 사람은 나뿐만이 아니었다. 유일한 치료약이라는 링거를 하루에 한 병씩 맞으며 빈둥대는 시간에도 창밖에 목련은 꽃을 피워 봄을 알리고 있었다.

왼쪽에서 전화벨이 울려 고개와 오른손이 왼쪽으로 돌아갔다. 그러나 전화기는 오른쪽에 있었다. 오른쪽 난청은 왼쪽보다 불편하다는 생각이 드는 것은 내가 오른손잡이기 때문일 것이다. 익숙한 쪽에 불편한 난청으로 허둥대는 생활이 시작되었다.

입원 삼일째, 문병 온 사람들을 위해 음식을 주문하려고 전화기를 들었다. 습관적으로 또 오른쪽이었다. 갑자기 모기 소리가 들렸다. 아차 싶어 전화기를 왼손으로 바꿔 쥐면서 입원실에 모기가 있나 싶어 두리번거렸다. 모기는 없었다. 전화를 하다 말고 두리번거리는 나를 보고 방문객은 영문을 몰라 했지만, '에앵에앵'거리는 소리가 분명히 들렸다. 한참 후에야 아무 소리도 들리지 않았던 오른쪽 귀에서 전화 상대방의 목소리가 그렇게 들렸던 것을 알았다.

간호사를 불렀다. 나아가는 징조라고 말하는 간호사는 마치 3월의 크리스마스 선물을 들고 온 것처럼 웃었다.

청력이 돌아오는 소리는 그렇게 모기 소리처럼 시작되었다. 다음 날은 벌이 날고, 잠자리가 날아오르더니 또 참새가 짹짹거리고, 이레째 되는 날은 장닭이 푸드득거리며 홰를 치는 소리가 들리는 청력검사를 받았다. 같은 병실의 어느 환자보다 빠른 회복으로 병실에서 부러움을 샀다.

오른쪽 청력은 거짓말처럼 멀쩡해졌다. 퇴원 후에도 수시로 체크를 하고서야 6개월 후 완치 판정을 받았으나, 의외로 많은 사람들이 퇴원 후 통원치료를 받고 있었다. 또 치료 시기를 놓쳐 영구장애를 가진 사람도 꽤 있었다. 한쪽 귀로는 들을 수 있기 때문에 조금만 불편을 감수하면 일상생활을 할 수 있는 게 문제였다. 시간이 없어서, 귀찮아서 이런저런 핑계로 포기한 사람들. 나머지 한쪽 귀마저 안 들리게 되어서야 치료 시기를 놓친 것을 후회하고 있었다. 잃고 나서야 소중한 것을 알게 되는 것이다.

처음 갔던 동네 병원 의사가 응급실로 가라고 호통치지 않았다면 나도 시기를 놓쳐 장애를 가지게 되었을지도 모른다. 그 후에도 피곤하거나 감기가 들면 오른쪽 귀부터 아파온다. 그래서 병원에 가면 늘 병력을 고백하지 않을 수 없다.

십여 년이 지나 나른한 꿈같은 기억 속의 오른쪽 귀에게 안부를 묻는다. '초속 5센티미터로 떨어진다'는 벚꽃을 보기 위해 다시 꽃대궐로 들어가야겠다. 그때는 작은 소리라도 들으려고 귀를 열었는데 지금은 듣고 싶지 않아도 사방에서 들리는 온갖 소리들로 귀를 막고 싶을 때가 있다. 귀로 듣기보다 눈으로 마음으로 감성으로 먼저 들리는 소리, 꽃비 내리는 소리를 들을 수 있는 봄날이 아닌가. (2012)

또 다른 선생님

금요일이면 딸네 집에는 진풍경이 벌어진다. 재택 근무하는 딸과 인터넷 강의를 듣는 두 손녀가 컴퓨터 앞에 앉아 있고, 8월부터 나까지 컴퓨터를 차지하고 앉았다. 가양도서관에서 개설한 수묵화 인터넷 강의를 듣게 되었기 때문이다. 3대가 4대의 컴퓨터로 각각 일을 보는 진풍경 시대에 우리가 살고 있다는 건 마냥 좋은 건 아니지만 새롭긴 하다.

코로나19는 우리의 행동반경을 숨 막히게 조여 왔다. 급기야 사회적 거리두기를 해야 하니 집콕, 방콕 등의 유행어에 따르지 않으면 안 되는 지경에 이르렀다. 가양도서관에서 듣던 문화강좌도 올스톱 되었다. 한지회화는 판넬에 밑그림을 그리고 한지를 색깔별로 잘라서 바탕만 겨우 채운 상태였다. 못다 한 작품은 우편으로 보내온 강사의 설명서 덕분에 몇 달 만에 마무리했다. 또 수묵화는 매화 꽃잎을 한 잎, 두 잎, 세 잎, 다섯 잎까지 배우고 이제 좀 알 듯 말 듯한데 휴강이 되어 버렸다.

난과 국화도 흉내만 내다 말았다. 한 달, 두 달, 여섯 달이 지나고 포기 상태에 이르렀을 때쯤, 수묵화 강사가 우리를 이마트 휴게소로 불러모았다. 그리고 각자 체본을 주면서 다음 주에 모여 연습해 온 것을 살펴보고 다른 체본을 주어 일주일 동안 집에서 자습하게 했다. 혼자 할 때는 막막하더니 다시 할 수 있으니 얼마나 감사한 일인가.

그나마도 못하게 된 것은 집합 금지로 휴게소 모임도 취소되었다. 휴게소는 의자를 탁자 위에 얹어놓고 출입 금지가 되었다. 그러던 중 도서관에서 인터넷 강의가 시작되었다. 딸에게 부탁하여 겨우 온라인 수업에 접속해 참여하니 강사도 학생들도 버벅대느라 진행이 늘어지고 늦어졌다.

기초 위주로 진행되는 강의는 지루했다. 대면 수업은 각각의 진도에 맞춰 이루어졌는데 여기서는 초보자 위주로 할 수밖에 없는 모양이었다.

그러던 어느 날 도서관 밖 벤치로 우리를 불러낸 강사가 책을 한 권 주었다. 《동양화실기 사군자기법》이었다. 아마도 도서관

측의 배려인 듯했다. 그가 고른 이 책은 또 다른 선생님이 되었다. 그동안 배운 것들과 약간 방법은 달랐지만, 개인차가 있을 뿐 많은 도움이 되었다.

제멋대로이던 운필법도 자리를 잡아갔다. 매화 운필법은 꽃잎만 배우다 말았으니 가지와 줄기는 아직도 갈 길이 멀다. 국화 운필법도 흉내만 내어도 꽃송이가 풍성해지는 재미에 자꾸만 붓이 춤을 춘다. 대나무 운필법은 책을 보아도 어렵기만 하다. 어서 개강이 되었으면 좋겠다. 선생님과 씨름할 생각으로 건너뛰고 있다.

게으름도 익숙해지는 시간이 흘러갔다. 늦잠 자고 양치질만 겨우 하고 세수조차 생략한 날은 안 먹어도 배가 안 고프고, 먹어도 배가 안 부른 거 같은 신체 리듬조차 엉망이다. 종일 재미없는 텔레비전과 눈 맞추던 날들이 이제는 활력을 찾게 되었다. 다시 수묵화를 그리기 위한 준비의 손길이 기대감으로 빨라졌다. 또 다른 선생님 《동양화실기 사군자기법》을 만나며 나는 오늘 붓을 든 화가가 된다. (2020)

세신예찬

나는 새벽잠이 많은 편이다. 그러나 주말 아침만은 예외다. 목욕탕에 가기 위해서다. 탕에 들어가면서 제일 먼저 때를 밀어주는 사람에게 옷장 열쇠를 맡긴다. 그녀는 반색을 하며 순번대로 열쇠를 걸어 놓는다. 탕 안 정면 벽에는 '세신요금표'가 붙어 있다. 사람들은 물가 상승률을 쌀값, 연탄값, 금값으로 계산할 때 나는 세신, 그러니까 속칭 '때밀이' 요금으로 계산한다. 금값 상승률과 묘하게 일치한다.

지금부터 30여 년 전에는 금 한 돈이 3천 원이었고 때밀이 요금은 5백 원이었다. 지금은 금 한 돈이 20만 원이고 때밀이 요금은 3만5천 원이다. 거의 70배 오른 셈이다. 재미있는 것은 지난 30여 년 동안 때밀이 요금이 오르는 기점은 설 명절 때라는 사실이다. 묵은 때를 벗겨내는데 요금 좀 올랐다고 성낼 위인은 없을 것이란 계산에서 나온 결과일지 모른다.

내가 목욕탕에서 남에게 몸을 맡기기 시작한 것은 첫아이를 가졌을 때부터였다. 빈혈이 심해서 도무지 몸을 가눌 수가 없었다. 그때 부산에 살았는데 때를 미는 사람을 '나라시'라고 불렀다. 요새는 '때밀이'니 '목욕관리사' 또는 '세신사'라 부른다. 그러나 나에게는 서먹한 호칭이다. 마주 대하고 부를 때는 '언니'라고 한다. 친근감도 있고 '때밀이'란 말에서 '때'가 주는 불결한 인상도 없어 좋다.

몸에 물을 끼얹고 온탕에 들어간다. 그러고는 편안히 앉아서 주변을 둘러본다. "아!" 소리가 절로 나올 정도의 몸을 가진 여인들이 많다. 앵글르의 〈샘〉에 나오는 S라인의 완벽한 나신을 보는 것 같다. 동성끼리라지만 납치해 가고 싶은 욕망마저 일으킨다. 그러다 물속 깊숙이 잠긴 내 몸을 내려다보게 된다. 두둑한 뱃살, 밋밋한 허리통. 아무리 나잇살이라고 박박 우겨 보지만 입으로 새어나오는 실소는 어쩔 수 없다. 그때쯤 세신사가 내 번호를 부른다.

침대에 펼쳐 놓은 타월 위에 눕는다. 그리고 무중력 상태로 그녀에게 몸을 맡기고 눈을 감는다. 발가락에서부터 밀면서 허벅지로 올라오는 손길, 그 손길에 내 발과 다리가 가볍게 허공에 뜬다. 허벅지를 지난 두 갈래의 손길이 배 부위에 와서 하나로 모아진 다음 원을 그리며 몇 차롄가 돈다. 그것이 끝나면 손길은 슬며시 유방으로 간다. 위로 올라갔다 옆으로 빗겨 갔다 하기를 몇 차례, 그러다 감싸 쥐었다 놓았다 하기를 또 몇 차례. 처음 얼마 동안은 이 단계에 이르면 좀 간지럽기도 하고 난처한 기분이 들기도 했다. 지금은 그렇진 않다.

그 순서가 끝나면 세신사의 손길은 양팔로 간다. 그러다 오른쪽 허벅지를 툭 친다. 옆으로 누우라는 신호다. 이번에는 엉덩이를 툭 친다. 엎드리라는 신호다. 팔꿈치 굳은살을 긁어 주면 바로 앉으란 신호다. 두 다리를 쭉 뻗게 한 다음 만세를 부르는 자세를 취하게 하고 옆구리에서 겨드랑이를 지나 목 뒤에서 양어깨를 잡아 뭉쳐 있는 근육을 풀어 준다.

그것이 끝나면 다시 눕게 한다. 그러고는 전신에 비누칠을 한 다음 양손으로 내 몸 곳곳을 두루 누비며 두드린다. 찰박찰박하는 소리가 목욕탕 안을 울린다. 비 오는 날 맨발로 걸을 때 나는 소리 같다. 경쾌하다. 이렇게 그녀의 수신호에 따라 나는 잘 조련된 돌고래처럼 왼쪽으로 오른쪽으로 엎어졌다 뒤집어졌다 한다.

그 과정이 끝나면 샤워할 차례다. 샤워 후 다시 침대에 눕는다. 마사지를 하기 위해서다. 뜨거운 타월을 덮고 발끝에서부터 손바닥으로 치면서 올라오던 손이 어깨 쪽으로 와서는 팔꿈치로 내 어깨 날갯죽지를 돌려댄다. 후벼파는 듯한 통증, 그러나 한편 그렇게 시원할 수가 없다. 그래서 참는다. 이것으로 때밀이 과정이 다 끝나는 것은 아니다. 아직 클라이맥스가 남아 있다.

세신사는 나를 엎드리게 해 놓고는 발끝에서부터 자근자근 밟아 올라온다. 허리께쯤 왔다고 생각할 때 두 발을 모아 힘주어 멈춘다. 그러다가 허리와 어깨 중간쯤 되는 곳에서 엇박자로 춤을 춘다. 작두를 타는 무당이 그럴까? 아니면 요즘 댄스 가수가 그럴까. 신이 나 있다. 내 몸도 그녀의 춤사위에 따라 춤을 춘다. 진짜 춤을 출 때처럼 신이 나는 건 나도 마찬가지다. 찌뿌듯하거나 뭉친 것 같은 몸과 마음이 춤을 출 때처럼 흥이 난다. 그러니까 그녀는 서서, 나는 누워서 춤을 추는 것이다.

처음에는 그녀가 떨어지면 어쩌나 해서 숨도 제대로 쉬지 못했다. 그러나 공연한 기우였다는 것을 나중에 알았다. 그녀는 천장을 짚고 추고 있었기 때문이다. 전문가에게는 그들만의 노하우가 있다는 사실을 또 한 번 깨닫는 순간이었다.

세상에 직업의 종류는 하늘의 별만큼은 아니겠지만 참으로 많다. 그런데 그 가운데서 사람을 실컷 때리고 비틀고 주무르고 밟아 주고서 돈 받는 직업은 세신사 한 직종뿐일 거란 생각을 하곤 혼자 실소를 할 때가 있다.

이렇게 한바탕 세신 의식을 치르고 나오면 아침 햇살은 더없이 밝고 내 몸은 더없이 가벼워진다. 날개라도 얻은 듯 기분이 날아갈 것 같다. 3만5천 원으로 산 이 상쾌함. 나는 주말 내도록 행복하다.

언젠가 돈이 아까워 한 주를 건너뛴 적이 있다. 열흘을 넘지 못하고 목욕탕으로 달려갔다. 각질이 일어나고 가려워서 도저히 참을 수가 없었다. 난 이미 세신사의 손길에 중독된 것일까? 그러나 지금도 나는 그 중독에서 벗어나고 싶은 생각이 없다. 일주일 동안 쌓인 몸의 때와 함께 마음의 때를 함께 씻어 주는 것은 세신밖에 없기 때문이다. 한 주 동안 살기에 동분서주한 고단한 내 몸과 마음에게 그 정도의 사치는 눈감아 주어야 하지 않을까 하는 생각이다. (2012)

금고

우리 집 구조는 단순하다. 혼자 살기에 딱 맞다고 스스로 위로하는 작은 평수다. 혼자 살아도 있을 건 다 있어야 하니 살림을 최소화해도 꽉 찬 기분이 든다.

주방 겸 거실을 지나 안방 문을 밀면 정면으로 소형 금고가 보인다. 처음 본 지인은 "와~" 하고 보석이 많으냐고 묻지만, 절대 아니다. 언제부터인가 물건이나 서류, 통장 등을 어디에 두었는지 몰라 볼일 보러 나가기 전에 허둥대며 찾는 데 시간이 걸리기 시작했다. 어떤 날은 답답해서 혹시나 하고 냉장고 문을 열어 볼 때도 있다.

아끼는 반지, 목걸이도 마찬가지다. 장롱 비밀 서랍에 넣어 둔다고 해도 안 보일 때가 많다. 가방과 옷 주머니를 다 뒤져도 허탕일 때가 잦다. 특별한 조치가 필요했다. 그래서 고심 끝에 금고를 사기로 했다.

금고는 안 보이는 곳에 숨겨 두는 게 맞지만 어쩌랴. 아무리 둘러봐도 둘 곳은 그곳뿐인걸. 금고 위치가 은밀한 곳이 아니라 "나 여기 있으니 가져가세요" 한다며 금고 주문을 도와준 딸이 와서 보고 한참 웃었다. 처음 산다고 할 때부터 딸은 금붙이나 핸드백은 자기에게 맡기고 편하게 살라고 했었다.

그러나 금은보화가 많아서 산 것은 아니다. 몇 개 안 되는 금붙이와 아끼는 반지와 목걸이도 있지만, 통장과 서류 등을 한곳에 모아두기 위함이었다. 정확한 용도는 A4용지가 들어가는 2단 정리함이다. 필요한 모든 것이 한곳에 정리되어 있으니 편했다. 또 작고 아담하니 문갑 위에 올려놔도 소품처럼 어울렸다.

나에게는 보이지 않는 곳에 제법 용량이 나가는 금고가 또 있다. 그곳에는 늘 간직해야 할 소중한 것과 간직하지 않아도 되는 것이 나의 의지와 상관없이 어느새 들어와 자리다툼을 하고 있다.

어찌 된 셈인지 영문도 모르는데 엉뚱한 오해가 생기고, 그래서 아이들이 부리는 오기 같은 아망이 생기는 일이 있다. 그것을 없애기 위한 스트레스가 이만저만 아니다. 마음이 하고자 하는 바를 좇아도 도에 어긋나지 않는 종심. 이 나이가 되면 더 너그러워져야 하거늘, 점점 작아지는 마음을 없애려고 노력하다가 그대로 내버려둔 것이 그것이다.

이런저런 사연이 쌓여 만들어진 보이지 않는 금고. 그리고 정리함 역할을 충분히 해내는 금고. 어쩜 나는 부자임이 틀림없다. 각자 위치를 차지한 소중한 것들을 보면 스케치북에 그린 색연필화처럼 꽃으로 피어 있다. 각각의 색깔에서 나는 향기가 보이지 않는 금고를 열 때마다 풍긴다. (2022)

한지회화

그네 타는 여인

신윤복 화가의 '단오풍정' 한 장면이다. 짧고 좁은 노랑 저고리, 빨간 치마에 연분홍 속치마를 입고 풍성한 흰 속곳을 드러내며 그네 타는 여인의 묘한 미소는 석방된 전사처럼 환하다. 당시 사치스런 풍조를 대변하는 듯한 큰 트레머리, 목과 어깨가 단아한 아름다운 자태다.

해바라기꽃

일편단심 당신을 사랑합니다, 기다림, 숭배, 프라이드 등 여러 가지 꽃말을 가진 해바라기꽃. 부자가 된다는 속설과 다양한 꽃말처럼 크기와 색깔도 다양하다. 길을 가다 흔히 마주하는 노란색 해바라기꽃은 단순한 관상용이 아니다. 씨를 수확하기도 하지만 줄기 속은 이뇨, 진해, 지혈에 좋은 약재로도 사용된다.

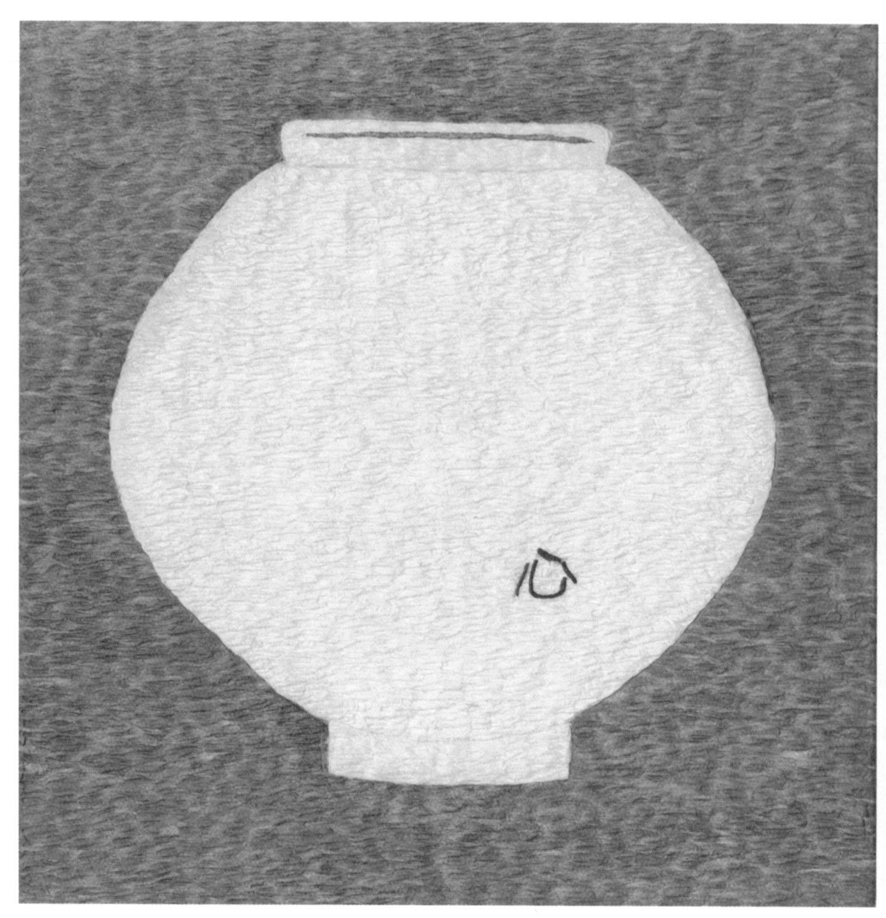

달항아리

달항아리는 눈처럼 흰 바탕색과 둥근 형태가 보름달을 닮아서 붙여진 이름이라고 한다. 백자가 아닌 한지로 만든 달항아리가 꽃처럼 피어 있다. 사람 몸에 있는 눈, 귀, 팔다리가 조금씩 다르듯 사람 손으로 만든 달항아리는 좌우 대칭이 조금씩 다르다. 달항아리 속에는 달이 있을까?

몬드리안

빨강, 노랑, 파랑의 전통적인 색깔이다. 빨강은 산타, 열매, 꽃 그리고 불같은 이미지로 따뜻한 색으로 분류된다. 노랑은 병아리, 개나리 색으로 역시 따뜻한 색이다. 파랑은 바다, 물같이 차가운 느낌이다. 어둡진 않으나 밝은 색도 아닌 신기한 색이다. 삼원색과 흑백, 정사각형, 직사각형, 수평선과 수직선만 허용했다.

4부 시간의 걸음

너는

서정순

그대로 있었다
세속의 바람이 쓸고 간
상처 자리 어루만져 지우며
태초의 꿈을 간직한
너는

더 이상 외롭지 않다
벗은 나뭇가지 스치는
허허한 마음 청청하니
노을 지는 하늘과 더불어
너는

아티스트의 가방

나는 별호가 많다. 과장인 줄 알지만 싫지 않아서 즐기는 편이다.

작년 초만 해도 차 트렁크에는 예술 가방이 4개 있었다. 캘리그라피, 한지회화, 색연필화, 수묵화 등 각기 다른 수업 준비물이 들어 있다. 중복되는 것이 있지만 따로따로 가방에 넣어 두는 것은 요일별 수업에 손쉽게 들고 가기 위함이다.

나를 잘 모르는 사람이나 나를 잘 안다고 하는 사람들은 점심 약속이라도 잡을라치면 번번이 주일만 고집하는 나를 이해하기 어려워했다. 손녀들 등교시키고 하교 때까지 쉬면서 점심이라도 함께 먹지 그 나이에 뭘 배우냐는 핀잔에다 "박사 될래?" "머리 아프지 않냐?" "돈벌이는 되냐?"라고 비약까지 했지만, 내가 좋아서 하는 일이니 누가 뭐라든 상관하지 않는다.

화요일은 매주 오전에 캘리그라피를. 첫째, 셋째 주는 느긋해도 되는 화요일이지만 둘째, 넷째 주는 오후에 동대문도서관에서 느티나무 문우들과 합평회가 있어 사돈이 교대해 주어도 점심을 먹는 둥 마는 둥 허둥댄다.

수요일 한지회화와 금요일 수묵화는 가양도서관에서, 목요일 색연필화는 가양1동 주민센터에서 배운다. 상암동 딸네 집으로 아침 일찍 출근했다가 손녀들 등교시키고 가양동으로 수업하러 왔다가 끝나면 다시 상암동으로 간다. 주 3일은 두 번 출근, 두 번 퇴근의 바쁜 스케줄이지만 매일 즐겁고 신난다.

첫 번째 캘리그라피 가방은 간단하다. 선생님이 주는 체본을 받아 스프링이 달린 연습지와 붓펜만 있으면 준비물은 끝이다. 그림을 따라 그리듯 흉내만 내다가 어느 날부터인가 나만의 글씨가 만들어지고 뭔가 이해가 되려는 때였다. 마침 지인이 펴낸 시집을 받았다. 그분에게 선물이 되고 나는 글씨 연습이 되는 필사를 시작했다. 24색 붓펜과 4권의 스케치북을 준비하여 89편의 시를 겁도 없이 쓰기 시작했다. 짬짬이 정성을 다해 4개월이 걸렸다.

그 후 부채에 도전했다. 모임마다 주고 싶은 이는 왜 그리

많은지, 10개로 시작한 부채는 인사동을 들락거리며 80개를 사야 했다. 청량감을 주는 그림을 간단하게 그리고 좋은 글귀를 썼다. 낙관을 찍어 더위가 오기 전에 선물한 부채는 인기가 많았다.

연말에는 번짐에 좋은 틴토레토 종이에 그림을 그려 5×7액자에 넣어 선물하고, 미국에 사는 친구가 원하는 해바라기를 그려서 보냈다. 주는 재미보다 받은 이들의 기쁨이 컸는지, 인증샷을 보내고 칭찬을 아끼지 않았다. 물론 면실로 뜨개질하여 스케치북 집을 만들어 포장한 시집 필사본을 받은 분도 감동하신 듯 극찬을 했다.

어느 날 가양도서관에 책을 빌리러 갔다가 전시된 한지회화를 보고 수강 신청을 했다. 학기 중이어서 다음 학기까지 기다린 만큼 재미있게 시작한 모란꽃이 완성되었을 때, 자수를 놓은 듯 보이는 고운 한지의 매력에 빠졌다. 나는 스마트폰 프로필에 사진을 올리고 여기저기 전송하며 자랑했다. 이어서 하나둘 작품이 만들어지고 도서관 연말 전시회에서 입상해 더욱 신이 났다.

다섯 개의 작품이 완성되고 여섯 번째 선택한 자율 작품은 닭 그림이었다. 판넬에 초벌 한지를 발랐을 뿐인데, 배운 지 2년 만에 코로라19로 폐강되었다. 몇 달을 기다렸으나 개강은 기약이 없고, 시작도 못한 작품은 선생님의 자세한 설명과 한지를 색깔별로 잘라주어 집에서 했다. 그동안 솜씨가 늘었는지 어찌어찌 완성되었다. 자료와 도구가 든 두 번째 가방이다.

수묵화 역시 마찬가지다. 금요일 가양도서관에서 배운다. 첫날 화선지와 붓, 먹을 사서 가로 세로 줄긋기가 끝나고 난을 치고 꽃대를 세워 꽃을 피우다가 매화 꽃잎 다섯 잎을 만들었다. 이제 완전 초보는 아니라 생각하고 있는데 대나무를 치기도 전에 코로나19로 일 년 반 만에 폐강되었다. 그렇게 만든 나의 세 번째 예술 가방은 준비물이 많아 다른 가방 중 제일 크다.

가양1동 주민센터에서 운영하는 어르신 아카데미에 지인을 따라 등록하고 목요일마다 노래 교실에 또 라인댄스를 일 년 동안 배웠다. 원래 나는 노래하고 춤은 젬병이다. 함께 어울리는 걸 좋아해 지인들과 목요일 강의가 끝나면 같이 점심 먹는 재미로 다녔을 뿐이다. 그러던 어느 날 주민센터 로비에 전시된 꽃 그림 액자를 보았다. 소재가 무엇인지도 모른 채 직원에게 문의했다. 센터에서 운영하는 색연필화 강의가 있다는 설명을 듣고 어르신 프로그램과 같은 시간대였지만 당장에 등록했다.

2층 도서관 옆 강의실로 올라갔다. 막 강의 시작 전이었고 환영 분위기에 힘을 얻어 72색 색연필, 스케치북, 연필, 지우개를 사서 바로 수업에 참여했다. 기초 줄긋기만 한 첫날이지만 또 하나 네 번째 가방을 만들었다.

프로그램을 함께했던 지인들의 만류에도 나는 그림 그리기를 멈추지 않았다. 색연필화를 하는 우리끼리 하는 말이 있다. 그림을 그리기 망설이는 이에게 해 주는 말이다. 누구라도 2개월만 배우면 화가가 된다고.

한 시간 반 수업 시간에는 꽃 그림 스케치만 할 뿐, 색칠할 시간이 안 된다. 주로 자주 보았던 꽃 그림이다. 그래서 다음 수업 시간까지 원본을 대조하여 색칠을 해 간다. 그리고 다음 시간에 선생님의 지도를 받는다. 예전에는 예사롭던 꽃잎과 이파리를 눈여겨보게 되고 작은 들꽃에도 발걸음을 멈추게 된다. 그런데 스케치북 한 권을 넘기고 또 한 권을 다 채우기 전에 역시 일 년 만에 폐강되었다. 모두 갑작스런 올 스톱에 금단 현상이 왔다. 뭔가는 해야 하는데 할 수가 없어 마음만 바빠져 가방들만 만지락거렸다.

아이들 돌봄 스트레스가 뭔지 모를 만큼 바쁜 나의 생활은 코로나19로 모두 정지되어 버렸다. 포기하기 싫은 마음으로 4개의 예술 가방을 트렁크에서 꺼내 집으로 옮겼다. 하나씩 꺼내 보며 그때의 열정을 생각해 무엇이든 해 보려 해도 손에 잡히지 않았다. 손녀들도 비정기 등교로 생활의 탄력을 잃고 무기력해졌다. 마냥 손놓고 마음놓고 멍때리는 일과에서 벗어나려고 고심했다.

집 인테리어를 바꾸고 작은 갤러리가 만들어졌다. 그걸 본

동생들은 나를 아티스트라고 부른다. 수필 공부 함께하는 문우들은 서로 존칭하며 선생님이라 한다. 또 화백님, 작가라고 불러주는 친구들도 있다. 물론 4개의 가방을 들고 강의실에 가면 서로 선생님이라 부른다. 아줌마에서 할머니라 불러도 어색하지 않는 나이가 모든 것에 익숙해졌다. 은근히 듣기 좋은 호칭임이 분명하다. 나는 예술 가방이 많은 아티스트다. 그래서 오늘도 책상 앞에 앉는다. (2020)

스톱워치

문화센터에서 캘리그라피를 함께 배운 지인의 집에 초대받아 간 적이 있다. 현관 왼쪽 벽에 걸린 액자 속 그림이 눈길을 끌었다. 붉은 해와 옅은 구름, 바다를 배경으로 구름이 걸려 있는 복숭아나무와 거기에 달린 천도복숭아, 불로초가 있는 바위 옆에서 뛰어노는 수십 마리 사슴들의 밝은 색감이 강렬하게 다가왔다.

난생처음 가까이서 본 민화. 자수를 놓은 듯 섬세한 터치로 그려졌다. 나의 칭찬에 지인은 십수 년 동안 만든 작품들과 크고 작은 액자들, 가리개, 함 등을 꺼내서 보여 주었다. 욕심이 났다. 눈이 돈다는 말은 이럴 때 하지 싶다.

마음을 숨긴 채 집으로 돌아와 가까운 곳에 있는 민화학원을 알아보았다. 상암동에서 30분 거리인 발산역 근처에 있는 개인 화실을 방문했다. 주 1회 25만 원의 수강료와 준비물 25만 원은 하고 싶은 욕망으로 커버할 수 있었다. 수강생 두 명이 대작을 하고 있었다. 살짝 훔쳐보았다. 부러움은 가득했으나 수강 시간이 문제였다. 목요일 10시 반에 시작, 12시에 끝나고 상암동에 가면 1학년 손녀의 12시 하교 시간에 마중을 갈 수가 없다. 그래서 부풀었던 마음을 쓸어내린 적이 있다.

그리고 몇 년이 지난 어느 날 민화 쪽에 잠시 기웃거리다 포기한 적이 있다는 걸 아는 그 지인이 연락했다. 홍대 평생교육원 민화반 학생들이 하는 소반 작업을 특강으로 하는데 같이 하지 않겠냐고. 완전 초보라고 사양했으나 "좋은 기회이고 언니 실력이면 충분하다"고 추켜올리며 권했다. 코로나로 4개의 예술 가방은 잠만 자고, 문화센터도 문을 닫아 뭐든 돌파구가 필요한 때였으니 나는 다시 흥분되었다.

뜻도 잘 모르고 그냥 보기에 좋았던 민화. 조금이라도 알고 나서 시작해야겠다 싶어 자료를 찾아보았다. 매우 다양한 소재로 그려지는 민화는 생활공간의 장식이나 민속적인 관습에 따라 그려진 실용적 성격을 갖는 그림이라고 한다. 민화는 백성들이 오랜 세월 살아오는 동안 이 세상에서 복 받고 오래 살기를 바라는 염원, 신앙과 생활 주변을 아름답게 꾸미고자 하는 마음을 솔직하고 자연스럽게 나타낸 전통사회의 아름다운 산물이라고도 했다.

드디어 교수님 개인 화실에서 소수정예 3인이 모인 8월 말 토요일. 5인 이상 집합 금지 방침에도 해당이 안 되었다. 상견례 후 아름다운 모란이 네 송이 피어 있는 둥근 원화를 체본으로 받았다. 이름도 생소한 트레싱지를 원화 위에 올려놓고 4B연필로 본을 뜨는 것으로 시작한 민화와의 첫 만남. 좀 떨리지만 열중하는 나. 본을 뜬 트레싱지 위에 빠진 곳이 없나 살펴보고, 먹선으로 뚜렷하게 그려 또 그것을 밑에 둔 화선지에 먹선으로 떠서 빠진 그림을 채워 넣어야 한다. 화선지는 오리나무를 우려낸 물을 세 번 이상 덧칠하고 말리기를 반복한 것이다. 채색을 시작하면서 나는 접었던 민화의 세계로 점점 빠져들어 갔다. 기꺼이 주말을 투자하기로 했다.

토요일이면 모란꽃이 피어나는 화선지와 소반을 담은 가방 두 개를 양손에 들고 물감이 든 가방은 등에 메고 전철을 갈아타고 화실에 간다. 어느새 느껴 보지도 못한 여름, 가을이 지나갔다. 홍대입구역 밖으로 나오면 겨울 칼바람이 달려든다. 보자기에 싼 소반이 날아갈까 봐 버티다가 내 다리에 엉켜 걸음을 멈추기도 했다.

은근히 욕심이 많은 나는 완전 초보임에도 소반 두 개를 하겠다고 했다. 소반을 하기 전 작업인 화선지의 모란이 채색되면서 첫 민화 작품으로 아름다운 액자 두 개가 만들어졌다. 과정은 복잡하고 힘들었지만 뿌듯함으로 충분한 보상이 되었다. 앞뒤를 사포질한 소반 위에 채색은 화선지에서의 경험으로 쉬워 보였는데 종이와 나무 재질이 달라서 좀 어려웠다. 그래서 조금씩 완성되어 갈 때마다 희열도 커져 갔다.

집으로 돌아오는 전철 안에서도 소반 위에 피어나는 모란이 궁금하여 소반을 싼 보자기 속을 자꾸만 들여다보고 싶고, 빨리 집에 가서 진도를 나가고 싶어 안달이 났다. '역마살이 꼈다'는 소리를 들을 정도로 집에 가만히 있지 못하고 주말이면 누군가와 약속을 잡았는데, 이제는 아예 약속을 잡지 않는다. 집에 오자마자 몇 시간이고 작업을 했다. 그리고 자다가 일어나 화장실 갔다가도 작은방 작업대를 들여다보는 나의 민화 사랑은 아프던 허리 통증도, 잠 못 이루던 밤도 잊게 했다.

원화를 중요시하지만 원하는 채색도 중요하다는 교수님 말씀대로 꽃은 원화대로 채색했지만, 화선지에 금색과 은색 바탕으로 액자 두 개를 마무리하고, 검은색과 진초록색 바탕으로 소반 두 개를 완성했다. 그리고 소반 뒤에 '넌 언제부터 그렇게 예쁜 거니?'를 금색으로 쓰고, 빨간색으로 낙관을 그려 넣었다. 초보자여서 걱정했는데 액자와 소반 작업을 무리 없이 잘해 나간다는 교수님 말씀은 "그림을 그리면서 행복해하는 선생님 모습에 저도 덩달아 행복해집니다"라고 이어졌다. 내가 했다는 것이 믿어지지 않을 만큼 액자와 소반 위에 피어난 모란이 아름다웠다. 액자 표구를 맡기고 소반 마무리 작업을 위해 공장에 보내고 다음 작품이 정해졌다.

소반 작업만 하고 그만할 생각이었던 민화 수업에 가속이 붙었다. 다섯 번째 작품은 '일월오봉도'다. 日月五峰圖는 한자 그대로 해와 달 앞에 다섯 봉우리를 그린 그림으로 조선시대 왕이 있는 곳에는 용상 뒤에 놓여 있었으며 왕의 권위와 위엄을 상징한다. 또 두 줄기의 폭포와 파도가 일렁이는 그 앞의 장엄한 소나무가 상징하는 그림만으로는 완성된 것이 아니라 그 앞에 반드시 왕이 앉아 있어야만 비로소 완성된 그림으로 보았단다. 무심코 보았던 고궁의 용상 뒤에, 사극의 임금님 용상 뒤쪽에 있는 병풍 그림이다.

단순 작업이 아닌 복잡한 작업에 긴장감이 느껴졌다. 더구나 비단에 그리는 작업이니 화선지와 소반과는 달리 교정이 어려운 조심스러운 도전이었다. A3 크기만 한 원화에 트레싱지로 본을 떠서 60×70cm로 확대 복사했다. 주문한 나무틀에 비단을 올리고 확대한 트레싱지를 그 밑에 두고 비단에 먹선으로 다시 그리는 작업이 끝났다. 들고 다녀야 하는데 크기가 만만치 않았다. 궁리 끝에 누비천으로 된 교자상 덮개를 주문했다. 약간의 여유가 있는 덮개는 팔을 올려서 들어야 하는 나무틀 길이만큼 어정쩡한 가방이 되었다. 물감이 든 가방, 여전히 두 개의 가방과 핸드백까지 둘러메고 전철을 타고 다니지만 무거운 두 팔과는 달리 발걸음은 가벼웠다.

호분 칠로 시작한 수업 후에도 집에서 숙제처럼 매달렸다. 빨리 하려 하지 말고 천천히 하라는 교수님 말씀에도 하고 싶어 견딜 수가 없었다. "늦게 배운 도둑질 날 새는 줄 모른다"는 말이 무색하게 퇴근 후 밤늦도록 4시간 이상을 매달렸다.

살짝 지나간 뇌경색 후유증인 손 떨림으로 바위와 소나무 그리고 폭포와 파도는 비단의 특성상 몇 번의 덧칠이 더해졌다. 검붉은 소나무 가지와 솔잎에 정성을 다하고, 떨어지는 폭포에 흰색과 파랑을 대비시켜 강한 물줄기를 부각시키고 바위에도 음양을 주었다. 소나무 등걸과 가지, 그리고 바위에는 색점을 찍었다. 색점은 희고 작은 점을 진주목걸이처럼 동그랗게 찍는다. 그렇게 마음에 드는 색이 나올 때까지 하나하나 조심스럽게 진행되었다.

비단은 처음이라 우려했던 마음이 점점 편해졌다. 겹겹으로 겹친 바위에는 금색으로 윤곽을 잡아 들어가고 나옴을 구분했다. 어찌어찌 극복하듯 채색했으나 동그란 빨간 해와 하얀 달은 그릴 자신이 없었다. 조금도 빗나가선 안 되는 그림이기에 마지막까지 남겨두고 고민했던 호분만 칠한 해와 달을 교수님께 부탁했다. 화룡점정이었다. 표구를 맡기고 기다리는 시간은 지루하기만 했다.

3월 첫 주 홍제동 교수님 댁으로 화실을 옮겼다. 거리는 좀 먼 듯하지만 차를 가지고 갈 수 있어서 더 좋았다. 그리고 시작한 두 폭 가리개 모란도는 바다 색깔보다 더 짙은 청색 바위가 색점으로 도드라져 보이며 대칭으로 마주 보고 있다. 바위틈에 나뭇가지가 크게 뻗어 있고 나뭇잎과 작은 가지 틈새로 보이는 큰 모란 일곱 송이가 우아하게 피어 있으며, 꽃봉오리가 여러 개 나뭇잎 사이에 숨어 있다.

이 모란도 원화를 화선지에 먹선으로 옮긴 다음 오리나무 우린 물을 바르고 말리는 과정에서 먹선이 번졌다. 아차 싶었다. 번짐 방지를 위해 먹물을 더 좋은 것으로 사고 화선지 위에 먼저 오리나무 우린 물을 바르고 말리는 세 번의 작업 끝에 먹선을 옮기는 작업을 해야 하는 시행착오를 겪었다. 둘둘 말아서 다니기도 좋았다.

모란도 작업 중이었다. 표구사에서 연락이 왔다. 두 달 만에 교수님의 오케이 사인을 받은 '일월오봉도'를 표구사에 맡기고 기다리는 동안의 기대감. 마침내 마주한 '일월오봉도'는 기대 이상이었다. 벽에 있던 사각 거울을 떼어내고 그 자리에 걸었다. 다른 작품과 어우러져 비로소 작은 갤러리가 되었다. 낙관이 숨은 듯 자세히 보아야 보이지만, 그림의 완성도를 높이기 위해 '일월오봉도' 앞에 앉아 마치 여왕이 된 듯 위엄도 부려보고 사진을 찍어 지인들을 초대했다.

자랑스럽게 보여 준 나의 작품을 처음 보는 두 동생이 감탄했다. "우리 집안에 아티스트가 탄생했다"면서 소반을 주문했다. 처음에는 이거 가져가고 언니는 새로 하라고 했지만 나는 첫 작품이라 줄 수 없다고 했다.

또 오랜만에 만난 지인은 "그림 그린다고 소문이 났던데, 한 점 줄 줄 알고 기다렸다. 왜 안 주느냐"고 했다. 물론 그녀는 민화에 관심이 없고 그저 그림에 불과했으리라. 작업하는 시간과 정성을 모르고 그럴 수는 있지만 나는 절대 줄 수가 없다. 전에 선물했던 캘리그라피 그림과 글씨를 넣은 작은 액자와 부채처럼 간단하게 생각했을 것이다. 섭섭한 기색을 애써 감추는 그녀에게 그저 미안하다고 할 수밖에 방법이 없었다.

그렇게 쉴 틈 없이 진행된 가리개용 모란도는 그동안의 액자와 소반 위에 모란을 피워 낸 경험도 있고 열정으로 매달려 빨리 완성한 편이었다. 다음 작품들이 완성되면 같이 표구를 맡길 작정으로 잘 보관해 두었다.

집이 작은 걸 탓할 수도 없으니 작은 작품으로 화첩을 만들기로 작정하고 선택한 여섯 번째 작품은 '孝, 悌, 忠, 信, 禮, 義, 廉, 恥' 8개의 문자도文字圖다. 은은한 옻지에 옮기는 작업이 끝나고 호분 작업을 하며 '효, 제, 충, 신, 예, 의, 염, 치' 글자 한 자 한 자에 들어 있는 내용을 알게 되었다. 이 여덟 글자는 유교를 국교로 한 조선시대 사람들이 지켜야 하는 기본적인 도덕성을 의미했다.

효자도孝字圖를 보면 첫 번째 획은 수염이 기다란 잉어로 되어 있고 위에서 내려긋는 두 번째 획은 죽순이다. 부채와 거문고도 보인다. 효에 관한 이야기의 소재를 대담하게 처리하여 상상력과 결합해 그림으로 그려낸 조선시대의 문자도는 글자마다 한 편의 글이 그림으로 표현되어 있다. 여태까지 뜻을 모르고 지나쳤던 한자였다. 비로소 그 뜻을 알게 해 준 문자도는 어렵지만 재미있는 작업이었다.

교수님의 원화 체본은 바탕이 버건디 색이었는데 나는 진녹색 8장을 더하여 16장의 문자도를 마무리했다. 교수님은 지친다고 천천히 하라고 했지만 나는 화첩 이쪽저쪽을 염두에 두었다. 문자도 역시 모란도와 함께 잘 보관해 두었다.

그리고 십이지신을 하고 싶어 교수님에게 청을 넣었다. 생각보다 어렵고 지루하다는 교수님의 염려와 함께 용감하게 시작했다. 쥐, 소, 호랑이, 토끼, 용, 뱀, 말, 양, 원숭이, 닭, 개, 돼지 열두 마리 동물을 십이지신이라고 하며 땅을 지키는 열두 신장이라고도 한다. 옛날에 하느님께서 동물들에게 세배하러 오는 순서대로 상을 주겠다고 했다. 눈치 빠른 쥐가 그 소식을 듣고 소 등에 올라탔다. 그리고 도착 직전에 재빨리 뛰어내려 먼저 도착했고, 부지런한 소는 그다음, 뒤늦게 달려온 호랑이, 한발 늦은 토끼, 하늘에서 내려온 용, 용의 꼬리를 잡은 뱀, 뒤이어 말과 양, 원숭이, 닭, 개, 돼지가 순서대로 도착했다고 한다.

십이지신의 순서에 대한 유래를 알고 나니 그림을 접하기가 편해졌지만, 동물의 얼굴과 사람의 몸에 오방색 화려한 의상과 신발, 저마다 병기를 하나씩 들고 있어 다른 그림과는 달리 손이 많이 가는 섬세함을 요구했다. 긴장감이 더해지고 손 떨림이 점점 심해졌지만 그럴수록 더 매달리게 되었다. 몇 달째 씨름하고 있는 십이지신이 완성되면 두 폭 가리개 모란도와 문자도와 함께 표구를 맡길 것이다. 집은 협소하고 작품이 늘어나니 전시를 할 수가 없다. 그래서 선택한 문자도와 십이지신을 화첩으로 각각 만들어 펼쳐보는 상상만으로도 행복해진다.

민화를 함께 배우는 동문은 나를 '서카소'라고 불러준다. "불을 뿜기 위해 석유를 마시는 광대"처럼 광적으로 그림을 그리는 사람이라고 표현한 피카소의 절친 '조르주 브라크'의 말처럼 동문에게 나의 열정을 들킨 걸까? 뜻은 아무래도 좋았다. 또 다른 별호에도 나는 만족한다.

주변에서 일 년 이상 배웠는데 언제 졸업하냐고 묻는 이가 더러 있다. 그러나 이제 뭘 조금 알고 나니 더 어려워지고 보는 눈만 앞서간다. 그래서 늘 내가 그린 민화에 대한 만족이 없고 많이 부족함을 느낀다. 갈수록 조심스럽게 계속되는 나의 민화 사랑에는 스톱워치가 없다. (2021)

시너지 효과

부암동 '석파랑'에서 나와 집으로 가는 길이었다. 흥선대원군의 호를 딴 이 한식당에서 막냇동생 환갑 축하모임이 있었다. 초행길이지만 내비게이션이 있으니 가는 길은 걱정이 없었다.

그런데 마침 걸려온 전화를 받다가 깜짝 놀라 통화를 끝냈다. 황색불인데 나는 진행 중이었고, 교통경찰이 정지 신호를 보냈다. 거수경례를 하며 다가온 그에게 창문을 열고 순진한 척 왜 그러시냐고 물었다. 그가 슬쩍 안쪽을 보며 통화 중인가 살피더니 신호 위반이라면서 운전면허증을 요구했다.

면허증을 확인한 그가 벌금 6만 원에 벌점 15점이라고 했다. 그리고 면허시험에 황색불일 때 어떻게 하라고 문제에 나오고,

만일 신호 위반으로 사고가 나면 어르신만 손해가 아니고 상대방의 손해 등등을 늘어놓은 다음, 이제 면허증을 반납하라고 권했다. 조용히 듣고 있던 나는 절대 반납할 수가 없다고 강하게 말했다. 그가 이유를 물었다. 아침에 딸네 집에 출근하여 손주들을 돌보고 저녁에 퇴근해야 한다고 하자 그가 친절하게 말했다. 자기 어머니도 아이들을 돌보려고 매일 아침 그의 집으로 출근한다고.

그는 자기 어머니를 생각해서인지 오늘만 봐줄 테니 지금부터 꼭 신호를 지키며 안전 운전하라면서 또 거수경례를 했다. 손녀들 덕에 특혜를 받았으니 일진이 나쁜 날은 아니었다. 정신을 차리고 운전하려고 해도 벌점 15점으로 속상했던 일이 생각나서 혼자 웃었다.

몇 년 전이다. 벌금 7만 원과 벌금 6만 원에 벌점 15점을 선택할 수 있는 속도위반 고지서가 날아왔다. 고지서에 첨부된 사진을 보면 내 차가 맞는데 위반 시간이 06시 15분이었다. 교통과에 전화를 걸어 그날 그 시간에 김포에 간 일이 없다고 우겼다. 그런데 문득 아이들을 돌보시던 사돈이 여행을 가고 대신 아이들을 보러 딸이 출근하기 전에 간 기억이 떠올랐다.

그래도 그렇지 62km를 항의했더니 그곳은 40km 도로이고 22km 속도위반이라고 했다. 어둠이 가시기 전 도로는 한산했으나 내 딴에는 60km를 유지하면서 갔는데 40km 표시를 보지 못할 모양이었다.

이런 일은 처음이어서 당황스러웠다. 미처 몰랐던 벌점제도에 대해 질문했다. 벌점 40점이 넘으면 면허가 취소된다는 말에 "그럼, 벌점 15점을 1만 원에 파는 건가요?" 하고 다시 묻자, 담당자는 "그, 그런 셈이네요" 하면서 버벅댔다. 좀 미안했다.

그렇게 통화를 끝내고도 벌금을 안 내고 있었다. 그리고 얼마 후 해외여행을 가면서 공항에서 불이익을 당할까 봐 7만 원을 낸 기억이 났다. 벌금 6만 원과 벌점 15점을 면제받은 그날의 일을 지인들에게 말했다. 그러자 그의 어머니 덕분에, 또 손녀들 덕분이라고 했다.

이제는 바빠도 신호를 꼭 지키고, 좌우 회전에도 신경을 쓴다. 유턴할 때 흰색 큰 점선이 그려진 지점까지 가서 유턴하는 등 여유를 가지고 천천히 운전하는 습관으로 바뀌었다. 벌금을 내는 것도 싫지만, 벌점으로 면허 취소는 더더욱 싫기 때문이다. 안전 운행 습관을 갖게 해 주는 벌점의 효과가 전체적으로 영향을 미치는 시너지 효과를 가져왔다. 그리고 나는 아직 할 일이 남아 있어 면허증 반납을 할 수 없는 할머니다. (2020)

인연 1

나는 노래와 춤은 젬병이다. 다른 사람들은 내가 가무歌舞를 좋아하게 생겼다고 하지만, 사실은 음주만 즐길 뿐이다.

한때 인기 프로그램이었던 전국노래자랑도 안 보고, 가수 이름도 얼굴도 모르고 살아왔다. 텔레비전 자체를 즐겨 보지 않는다. 그리고 모임 후 2차 노래방에 가서도 번호를 찾아주고 손뼉만 치는 유명 인사였다. 어떤 지인은 내 노래 한 번만 들으면 소원이 없겠다는 엉뚱 소원을 대기도 했다.

작년이었다. 여수 1박2일 여행을 가 유람선을 타고 밤바다를 돌면서 라이브 공연을 보는데 신청곡을 받았다. 누군가 '여수 밤바다'를 신청했고, 장난처럼 들려서 나는 또 바보처럼 "저런 노래도 있나? 웃긴다" 하며 일행에게 물었다. 그냥 듣기만 할 걸.

라이브로 부르는 그 노래는 이름다운 여수 밤바다와 잘 어울렸다. 다른 노래도 이어졌지만, 나는 언제 노래가 끝나는지 몰라 손뼉 칠 타임을 번번이 놓쳤다.

다음 날 서울로 돌아오는 고속버스에서 자다 깨어 텔레비전으로 〈미스터 트롯〉를 본 후 목요일을 기다리는 광팬이 되었다. 출연자 모두 정말 노래를 잘 불렀다. 특히 이찬원이라는 출연자가 부른 〈시절인연〉이라는 노래를 누워서 듣다가 벌떡 일어났다. "모든 사물은 인과 법칙에 의해 정해진 시간과 공간이 갖추어졌을 때 일어나고 모든 일에는 다 때가 있다"는 이 노래. 불자는 아니지만 존경하는 법정 스님이 사랑했던 참 좋은 말이다.

"모든 것은 다 때가 있다"는 언젠가 책에서 본 '시절인연'이 노랫말로 다시 다가왔다. (2020)

인연 2

늙지도 젊지도 않은 일흔. '70은 69보다 크고 71보다 작은 자연수'라고 정의를 내린 글. 또 열의 일곱 배가 되는 수다. 갑자기 내 앞에 다가온 숫자가 낯설지만 받아들인다. 시간은 잠시 머물다가 후다닥 지나가 버렸다.

삶의 역정에 따라 분류된 인연은 많다. 좋은 인연인 호연好緣. 세상에서 만나고 싶지 않은 악연惡緣. 스치는 바람결 같은 풍연風緣. 그 외에도 우리가 늘 사용하는 학연, 지연, 혈연, 우연, 필연 등 인연으로 만나는 일은 많고 많다.

그중 만해 한용운의 〈인연설〉은 개인적 삶의 역정에 따른 인연이란 어떻게 해야 하는지를 들여다보게 한다. 그 유명한 〈님의 침묵〉의 "아아, 님은 갔지만 나는 님을 보내지 아니하였습니다"

에서의 인연과 〈나룻배와 행인〉의 "그러나 당신이 언제든지 오실 줄만은 알아요. 나는 당신을 기다리면서 날마다 날마다 낡아 갑니다. 나는 나룻배, 당신은 행인"이 그렇다. 모든 사랑과 이별에서 인연을 엿볼 수 있다.

우리가 사는 세상 이야기가 나오는 유행가 가사를 보면 사랑과 이별과 눈물이 들어 있다. 듣는 이가 사랑할 때는 오직 나만의 사랑을 위한 찬미다. 또 이별할 때의 노래는 왜 그리 많은지. 많은 이별 노래 중에 나의 아픔을 대신 말해 주는 것 같은 〈어느 60대 노부부 이야기〉는 얼마나 우리의 눈물샘을 자극했던가.

〈미스터 트롯〉를 보고 듣고 트롯과 인연을 맺은 나는 요즘 잠도 설치며 본방을 사수한다. 친구들과의 대화 주제도 온통 그 이야기로 이어진다. 우리가 살아가는 이야기가 다 다르듯 음악 장르도 다 다르다. 넘치는 감정으로 불러주는 그들이 좋아졌다.

법정 스님의 〈시절인연〉도, 한용운 선생의 〈사랑하는 까닭〉도 내게로 온 인연이 아니겠는가. 생뚱맞지만 트롯을 알게 해 준 인연도, 또 그들을 다 사랑해도 나는 유죄가 아니다. (2021)

인연 3

딸이 카톡을 보냈다.

"엄마 세라젬 광고 봤지?"

물론 보기도 하고 사고도 싶지만 집이 좁아 망설이고 있었다. 내색한 적이 없는데 "내가 칠순 선물로 쏠게" 하며 구정 연휴에 체험 카페에 가 보자고 했다.

이렇게 나이 들었다는 사실을 실감하는 새해 벽두. 살아온 시간들은 살아갈 시간보다 길고 깊다. 하지만 스쳐 지나간 인연과 현재까지 이어지는 특별한 인연을 만드는 건 깊은 시간이 아니다. 그 시간보다 더 깊은 마음으로 만들어진다.

외출 준비를 하며 브로치 상자를 열고 의상에 맞는 걸 골라 달며 거울을 보았다. 문득 '감자 전유희' 선생과의 인연이 떠올랐다. 지음캘리마을 회원 밴드에서 댓글을 달며 서로 호감을 느끼게 되었는데, 첫 번째 정모에서 우리는 서로를 찾고 있었다. 그리고 첫눈에 반한 연인처럼 전화번호를 교환하고 주소를 물어 수공예 브로치를 8개 보내 주었다.

나는 보석도 액세서리도 좋아한다. 그래서 보석보다 예쁜 브로치는 어디에도 없을 거라고 부러워하는 지인과 마음을 모아 감자샘을 졸랐다. 침선을 하는 감자샘은 상암동으로 출강하게 되고 우리는 재미있어 자꾸 바늘은 잡았다. 왕년의 솜씨로 금방 따라 만들었다. 여러 기지를 배우고 결과물을 선물로 주면 다들 좋아했다.

그러던 어느 날 아파트 엘리베이터에 공고문이 붙어 있었다. 강서구에서 해마다 열리는 '허준 축제'였다. 번뜩 아이디어가 떠올랐다. 생각과 동시에 실행에 옮기는 나는 먼저 감자샘에게 의사를 묻고 구청으로 달려가 참가 신청을 했다.

급하게 지은 이름은 규방공예, 그리고 대표 이름으로 체험 부스를 배정받고 참가 인원을 확보했다. 감자샘과 남대문 액세서리점에서 필요한 프레임과 반지 재료를 사 왔다. 참가할 사람들에게 숙제처럼 브로치와 반지를 만들어 오라고 나눠 주고 나도 차근차근 준비했다.

축제 첫날, 일찍 모여 부스를 꾸몄다. 정면 벽에 발을 치고 노랑, 빨강 저고리를 붙여 완성된 목걸이와 브로치를 달았다. 탁자 두 개는 양털을 깔고 브로치와 반지를 전시하고 예쁜 보석함으로 디스플레이를 했다. 감자샘에게 배운 종이에 박음질한 소녀상 액자도 갖다 놓으니 그럴듯했다. 체험 8,000원, 판매 10,000원. 가격표와 체험할 재료들을 정리하고 따뜻한 차를 준비했다. 감자샘과 계순 언니는 체험 담당, 선주와 나는 밖에서 손님들을 유혹했다.

우리 동네인 만큼 내가 홍보를 많이 했고 아는 분들이 많이 찾아왔다. 첫날은 정신이 없었으나 다음 날 현이 언니가 합류하여 다른 부스를 구경하고 참여하는 여유가 생겼다. 한 손님이 종이에 수를 놓아 액자에 넣은 소녀상을 꼭 사고 싶어 했다. 구청에서 부스를 계약할 때 판매가가 1만 원을 넘으면 안 된다는 약속 때문에 팔 수 없다고 했다. 그러나 그분은 꼭 필요하다면서 고집을 부렸고, 팔지 않을 요량으로 5만 원을 불렀다. 그런데도 기꺼이 5만 원을 내고 갔다. '규방공예'에서 수강하고 싶다는 이들도 있어서 우리는 득과 실을 떠나 좋은 경험을 하게 되었다.

그리고 좋은 일은 또 있었다. 가양도서관장에게 청을 넣어 도서관에서 감자샘이 바느질 공예 단기 수업을 하게 되었다. 다른 도서관에서도 요청이 들어왔다. 함께 색연필화를 공부하던 마리아 자매가 성당 바자회에 내가 만든 브로치를 판매하자고 했다. 기쁜 마음으로 작품을 만들었고 수익도 쏠쏠했다. 결혼식 답례로도 쓰겠다고 주문이 들어왔다. 팔아보겠다고 가져간 친구도 있었다.

브로치로 위기를 이겨 낸 계순 언니. 언니는 유방암 투병 중이었다. 침대 옆에 바느질 재료 바구니를 두고 하나둘 만들며 잠 못 이루는 항암치료의 고통과 좌절을 예쁜 반지와 브로치를 완성하는 기쁨으로 이겨 낸 것이다. 그리고 지인들에게 나눠 주는 기쁨을 느끼게 해 주어 고맙다고 두고두고 이야기했다.

그렇게 맺어진 우리 인연이 이제는 서로의 집에도 초대하는 관계가 되었다. 그 후 느닷없이 찾아온 코로나 때문에 2년 동안 허준 축제는 열리지 못했다. 그러나 우리는 다시 열리는 허준 축제 '규방공예' 오픈 준비가 이미 되어 있다.

우리의 엉뚱 인연 조합은 40대, 50대, 60대, 70대까지 다양하다. 그 중심에 내가 있고 나로 인해 연결된 인연이어서 바쁘다. 70대 두 분에게는 언니라 부르고 50대인 선주는 동생, 40대인 감자샘에게 선생님이라 불렀는데, 감자샘은 다 선생님이라 부르더니 어느 날 보니 선주와 언니 동생이 되어 있었다. 둘의 묵계에 살짝 질투가 났지만 나는 차마 큰언니 하겠다고 말하지 못했다. 그래서 나는 그냥 감자샘이라고 부르며 안부를 전한다.

(2021)

행복한 꿈

외국 박물관이나 미술관에 가면 작가의 의도와 작품 내용을 알 수 없어 답답할 때가 많다. 다국적 언어 중에 한국어가 있는 곳도 있지만 없는 곳에서는 그나마 조금 친한 영어를 선택해 헤드셋을 쓰고 아는 단어 몇 개로 작품을 이해하려고 애를 쓴다. 패키지여행 때는 가이드가 아는 지식을 동원하여 설명해 주지만 뭔가 부족함을 느낄 때가 많았다.

이 안내 헤드셋이 우리나라에는 1995년에 도입되어 박물관이나 전시회장에서 쉽게 이용할 수 있다. 그리고 우리에게 더 친숙한 건 관람객에게 작품과 작가에 대해 설명해 주는 도슨트다. 그들은 전시회 분위기와 작품을 잘 이해할 수 있게 도와준다.

그래서 눈으로만 보는 것보다 설명을 듣다 보면 작품 앞으로 한 발 더 다가서게 된다. 세상에는 우리가 알고 있는 것보다 모르는 직업이 더 많다. 우리나라에도 500여 종류가 있다는데, 그중 하나가 '도슨트'라는 직업이다.

3월부터 홍대 문화예술평생교육원에서 매주 월요일 민화 강의를 듣는다. 두려움 반 호기심 반이지만 완전 초보는 아니라는 자부심도 있다. 민화 세계로 이끌어 준 지인에게 부탁하여 입학 전 홍대 강의실도 다녀왔다. 덕분에 개강 날 헤매지 않고 잘 찾아갔다.

첫날, 동기들은 하나같이 전문가처럼 보였다. 내 자부심은 따로 보관해 두고 초심으로 돌아왔다. 요즘 급격하게 약해진 청력 때문에 앞자리에 앉았으나 마스크를 쓰고 강의를 하니 더 알아들을 수가 없어 눈치코치로 따라갈 수밖에 없다. 자기소개 시간에도 "나이는 많지만 마음은 청춘인 서정순입니다" 하고 대충 넘어갔다. 쉬는 시간에 다가와 나이를 묻고 친근하게 대해 준 분 성함도 생각나지 않고 열네 명의 눈만 멀뚱멀뚱 쳐다보다가 옆자리 상아님만 겨우 기억했다. 그분과 같이 4층 행정실에 가서 차량 출입증 확인을 받고 주차관제실에서 할인권을 샀다.

첫 수업 첫 작품으로 국립중앙박물관에 전시된 호랑이 그림

병풍에 있는 '달빛 아래 솔숲 사이의 호랑이들' 8장을 프린트해서 교재로 나눠 주었다. 1번부터 8번까지 번호를 매겨 그중에서 고르는 거였다. 멋있었지만 완성 후의 그림을 상상할 수 없어 작업하기 제일 쉬워 보이는 6번을 골랐다. 트레싱지에 옮기는 작업도 만만치 않았다. 원본은 밝은 편이 아니고 돋보기를 써도 희미하여 부분 부분 사진을 찍어 겨우 흉내만 냈다.

트레싱지를 연습 종이에 함께 복사해서 보충 그림을 그려 넣어야 하는데 덜컥 겁이 났다. 나무는 어떻게든 흉내를 낼 수 있는데 호랑이 얼굴과 수많은 털은 손을 댈 수가 없어 머뭇거리다가 겨우 먹선을 떴다. 확대 복사한 연습지 호랑이는 더 커서 난감했다. 세세한 부분까지 드러나 털의 방향을 잡을 수가 없어 다시 지인에게 도움을 청했다. 호랑이 털의 방향을 잡아주며 겁내지 말라고 용기를 줘서 과감하게 터치했다.

교수님 권유로 국립중앙박물관에 호랑이 그림 전시를 보러 갔다. 물론 안내 헤드셋을 사용할 수 있지만 그냥 눈으로만 봤다. 실물 영접이다. 내가 선택한 6번 호랑이를 부분부분 사진을 찍고, 늘 보던 소나무 솔잎도 찍어 다시 보았다. 수업 시작 전에 봤으면 이해가 빨랐을 텐데 하는 아쉬움이 있었지만 빠진 곳을 보충했다. 그 후 수업 시간에 교수님과 동기들이 다가와서 잘했다고 용기를 주었다. 지인의 찬스를 썼다고 교수님에게 고백했다.

민화 동기가 살던 집을 개조하여 만든 '연희동 미술관' 개관 첫 전시회로 교수님 작품이 전시되었다. 오프닝 전 먼저 방문한 우리에게 교수님이 작품 배경과 의도를 하나하나 설명해 주었다. 참으로 부러웠다. 교수님은 자기 작품을 자신 있게 소개하며 관람객의 이해를 도와주는 진정한 '도슨트'였다. 작가 자신보다 그 그림을 더 잘 알 수는 없으니 우리는 모두 행복해했다.

언젠가 나도 나의 작품을 전시하고 관람객에게 작품을 설명하는 행복한 꿈을 꾸고 있다. 꼭 그림이 아니어도 두 번째 수필집을 내고 그 작품에 대해 설명하는 것부터 시작해 보자고 다짐한 날이다. (2022)

프로젝트

나는 성격이 급한 편이다. 생각과 동시에 실행을 하기 때문이다. 옷과 신발은 물론 차를 사고 싶다는 생각을 어젯밤에 했다면 다음 날 사고 만다.

집을 살 때도 그랬다. 같이 보러 다니던 동생이 "언니는 집을 사는데 신발가게에서 운동화 사는 것보다 쉽게 결정하네" 할 정도다.

9년 전 환갑 기념으로 《60, 내 생의 쉼표》 수필집을 내고 바로 칠순에 2집을 내야겠다는 목표를 세웠다. 하지만 아직 시간이 많아 급한 성격을 잠시 접고 느긋하게 있다가 3년 전 9월쯤 정신을 차렸다.

다시 마음이 바빠졌다. 글도 문제지만 출판기념회 비용도

무시할 수 없다는 생각에 은행에 먼저 갔다. 30만 원씩 36개월 만기 적금을 들었다. 1,000만 원 정도면 출판기념회를 할 거라는 생각이었다. 그런데 어느새 3년이 지나고 두 달 후면 만기다. 《70, 내 생의 청춘》 제목으로 두 번째 책을 내기 위한 프로젝트의 시작이었다.

환갑 때와는 달리 그동안 배운 작품도 전시하고 싶었다. 코로나 집합 금지가 해제되자 한지회화, 색연필화, 민화 몇 점, 그리고 캘리그라피를 다시 시작하여 작품을 만들었다. 또 새로 장만한 노트북을 딸네 집까지 들고 가서 글 편수를 늘렸다.

2년 전부터 교수님 개인 화실에서 배우던 민화 수업을 중단하고 3월에 홍대 평생교육원에 입학했다. 일 년 수료하면 졸업생 모임에 들어갈 수 있는 자격이 주어진다. 첫 수업 날, 여덟 폭짜리 호랑이 병풍 그림 중 제일 쉬워 보이는 6번 호랑이를 선택했다. 그러나 만만치 않았다. 전처럼 집에서 미리 예습, 복습할 형편이 아니었다. 그만큼 까다로운 호랑이 그림은 가방만 들고 왔다 갔다 하는 지경이 되었다.

또 나이만큼 불어나는 체중도 문제였다. 아끼던 옷은 모두 작아 허리가 편한 옷만 골라서 입었다. 어느 날 커트하러 들른 미용실 원장이 몰라보게 날씬해 보여, 나는 출판기념회 때 멋진 옷을 입고 싶은 속내를 감추고 그녀에게 물었다. 그러자 변비에 좋은 보조식품이 있다고 알려 주었다. 반신반의하며 지나쳤는데 갑자기 발등에 불이 떨어진 듯 급해졌다. 변비도 문제지만 체중계에 올라가기가 겁나기 때문이었다.

원장은 하나만 먹어 보라며 주었다. 신기하게 힘들이지 않고 편하게 볼일을 보고 다시 미용실에 가서 한 달치를 가져와 먹으니 체지방이 빠지는 게 느껴졌다. 그리고 지금 두 달이 지났다. 체중은 더 이상 올라가지 않는다. 지인들은 살도 빠지고 피부도 좋아졌다고 했다. 이것 또한 프로젝트의 하나였다.

이지출판사 대표인 막냇동생이 "10월 말에 전시회를 하려면 작품 사진을 찍고 편집해서 제작까지 하려면 시간이 많지 않다. 8월 말까지 마무리해서 출판사에 보내 주면 한 달 이상 책 만드는 작업을 해야 하니 서둘러야 한다"고 채근했다.

홍대 평생교육원은 1학기 종강을 하고 다른 이들은 오전 10시부터 오후 5시까지 듣는 특강을 신청하는데, 나는 전처럼 교수님 화실에 가서 미완성 작품을 정리하기로 했다. 물론 9월에 시작하는 2학기 수업은 참여할 것이다. 미흡한 작품을 리터치하고 표구와 작품 사진을 찍는 데 집중할 참이다.

오늘 첫 수업 시간, 이런저런 상담이 끝난 후 호랑이 그림은 교수님의 화룡점정으로 완성되었다. 다음 시간에는 모란도 두 쪽 가리개와 문자도, 십이지신을 마무리할 생각이다. 작품 사진을 찍고 표구를 맡기기 전에 다시 한 번 점검해 보는 것이다. 또 지인이 시작하다 만 보석함을 받아 놓은 게 있어 가지고 갔다. 모란에는 호분칠을 하고 나뭇잎은 먹선을 떠오라는 숙제를 받아 왔다.

다음 프로젝트는 전시회에 오는 지인들에게 선물할 사은품이다. 고민하다 내린 결론은 세상에 하나밖에 없는 브로치 만들기다. 동대문시장에 재료를 구하러 나갔다. 침선을 하는 감자샘과 함께 시장에 가서 천을 구해 오는 요령을 알았다. 원단 샘플을 가게 앞에 전시해 놓은 게 있는데 그걸 가져오는 것이었다. 주인의 허락을 받으면 더 좋겠지만 그냥 가져와도 된다고 해서 약간 미안했지만 다들 그렇게 한다고 괘념치 말라고 했다.

브로치 상판에 씌울 예쁜 천이 제법 모였다. 2시간 정도 돌아다니고 나니 배도 고프고 다리도 아팠다. 점심을 먹고 커피숍에 앉아 천을 정리하며 주변을 살폈더니 우리뿐이 아니었다. 여기저기서도 천을 꺼내 정리하고 있었다. 감자샘과 마주 보고 웃었다. 나는 다시 상암동으로 가야 해서 감자샘 혼자 남대문시장 액세서리 부자재를 사러 갔다. 미안했지만 프레임 100개와 포장용 가방을 부탁했다.

동대문시장에서 가져온 천을 재단하는 데 꼬박 하루가 걸렸다. 프레임을 받은 다음 날부터 브로치 100개 만들기 작업이 시작되었다. 돋보기를 쓰고 실을 오른팔을 쭉 뻗은 길이만큼 잘라

바늘에 꿴 것 7개, 재단한 천을 바느질해서 상판에 씌우고 프레임에 본드로 붙여 빨래집게로 고정하여 마무리한 브로치도 7개다. 아침저녁으로 만드니 100개도 많은 숫자가 아니었다. 정말 예쁜 브로치다. 지인들 마음에도 들었으면 좋겠다.

그렇게 만든 브로치는 자수천을 구해 보내 준 부산 친구에게 10개 보내고, 동생 손주 돌잔치 때 10개, 만날 때마다 옷을 주는 지인, 또 만나는 사람들마다 예쁘다 하여 한 개 두 개 주게 되었다. 그리고 부산 친구가 30개를 주문해 20개를 더 보냈더니 60개가 나갔다. 사은품이 부족했다. 그래서 프레임 100개를 더 주문했다. 이 모든 것이 이번 프로젝트의 프로그램이다.

사실 요즘 많이 피곤하다. 신경을 곤두세우고 욕심을 부려 이것저것 일을 만들고 있다. 누구 도움을 받을 수도 없고 순전히 내가 해야 할 일이다. 링거를 맞아가며 열심히 움직이고 있다.

이제 한 달 남짓 남았다. 7월 말경 모든 준비를 끝내고 8월에는 피서를 떠나야겠다. 책 제목처럼 아직은 꿈을 꾸는 청춘이다. 청춘 스케치의 좋은 추억이 되어 기억 속에 저장해 두고 싶다. 어느 작가는 "기억은 축복일까, 저주일까?" 하는 물음에 둘 다 아니라고 했다. 그러나 나는 이렇게 쓰고 싶다. 프로젝트 성공의 기억은 분명 축복일 것이다. 그래서 나는 지금 청춘임이 분명하다. (2022)

시간의 걸음

시간의 걸음에는 세 가지가 있다고 한다.
미래는 주저하며 다가오고
현재는 화살처럼 날아가고
과거는 영원히 정지되어 있다. _ F. 실러

서울로 돌아오는 버스 안이다. 한잠 자고 났는데 완도 출발 후 겨우 한 시간이 지났다. 일곱 시간은 족히 남은 여정이다. 다시 잠들기는 글렀다. 휴대폰 갤러리를 열어 여행의 순간순간을 보며 저장과 삭제를 반복하다가 이 문구를 다시 보았다.

슬로 시티 청산도로 갑자기 떠난 여행이었다. 완도의 어느 화장실에서 눈에 들어온 이 시를 휴대폰으로 찍어 두었다.

F. 실러는 영국 작가다. 인터넷에는 '시간의 흐름'을 '시간의 걸음걸이'로, '정지되어'를 '정지하고'로 번역해 놓았지만, 달리는 버스 안에서 나는 '시간의 걸음'을 묻고 답을 적어 보았다.

나는 다가오는 미래가 두렵지 않다. 7월에 예약한 건강검진. 특히 뇌경색을 앓고 십여 년이 지났지만 그동안 검사를 하지 않았다. 건망증과 왼손 떨림 증세가 날로 심해지고 있지만 결과에 따라 대응하면 될 것이다. 그리고 10월, 칠순기념문집 출판기념회를 계획하고 있다. 이 모든 것에 두려움보다 기대를 갖고 준비하고 있다. 첫 수필집 《60, 내 생의 쉼표》보다 행복한 모습도 있지만 부끄러운 속내를 들킬 수도 있다. 그래서 두 번째 수필집은 《70, 내 생의 청춘》으로 제목을 정했다.

청춘은 용감하다. 또 칠십이면 산전수전 다 겪었다. 남은 삶은 미래지향적으로 살고 싶어 청춘이라고 우기지만, 사실 내일 죽어도 호상이다. 주저하며 다가오는 미래를 주저 없이 기꺼이 맞을 것이다.

나는 시위를 떠난 활처럼 과녁을 향해 현재를 보낼 것이다. 나의 의지와 바람이 충분한 거리에 다다를 만큼 시위는 팽팽했는지, 화살촉과 화살 깃에 문제는 없었는지, 걱정은 되지만 시위를 떠난 활은 돌아오지 않으니까. 후회하지 않을 오늘을 위해

활시위를 당길 참이다.

일출과 일몰 사이는 길어 보이지만 짧기만 하다. 짧은 하루를 쌓아 미래로 가기 위한 현재는 멈춤 없는 초고속 엘리베이터이기도 하다.

나는 영원히 돌아오지 않는 과거도 사랑한다. 요람에서 시작한 25,550일과 613,200시간을 묶어 칠십 년이 되었다. 또 숫자 일곱도 좋아한다. 럭키세븐이라는 행운의 숫자여서가 아니다. 단순하게 내가 칠십이기 때문이다. 나도 한 떨기 꽃이었고, 나도 밤하늘에 별이 되어 반짝이고, 나도 세상에 태어나서 가장 예쁜 생각, 가장 예쁜 표정으로 진정 사랑하며 살았다. 그런데도 누군가 지금, 과거로 돌아가고 싶으냐고 묻는다면 나는 서슴없이 "NO"다.

과거와 현재와 미래의 생각과 마음으로 산만할 때도 분명히 있지만, 나는 나를 지지한다. 과거의 나를 사랑했고 현재의 나도 사랑하며 미래의 나를 사랑할 것이다. '시간의 걸음', 그리고 정지된 과거 때문에 나는 한용운 선생의 〈사랑하는 까닭〉을 좋아한다. 나의 물음에 나의 답이다. (2022)

사랑하는 까닭

한 용 운

내가 당신을 사랑하는 것은
까닭이 없는 것이 아닙니다
다른 사람들은 나의 홍안만을 사랑하지마는
당신은 나의 백발도 사랑하는 까닭입니다

내가 당신을 그리워하는 것은
까닭이 없는 것이 아닙니다
다른 사람들은 나의 미소만을 사랑하지마는
당신은 나의 눈물도 사랑하는 까닭입니다

내가 당신을 기다리는 것은
까닭이 없는 것이 아닙니다
다른 사람들은 나의 건강만을 사랑하지마는
당신은 나의 죽음도 사랑하는 까닭입니다. (2022)

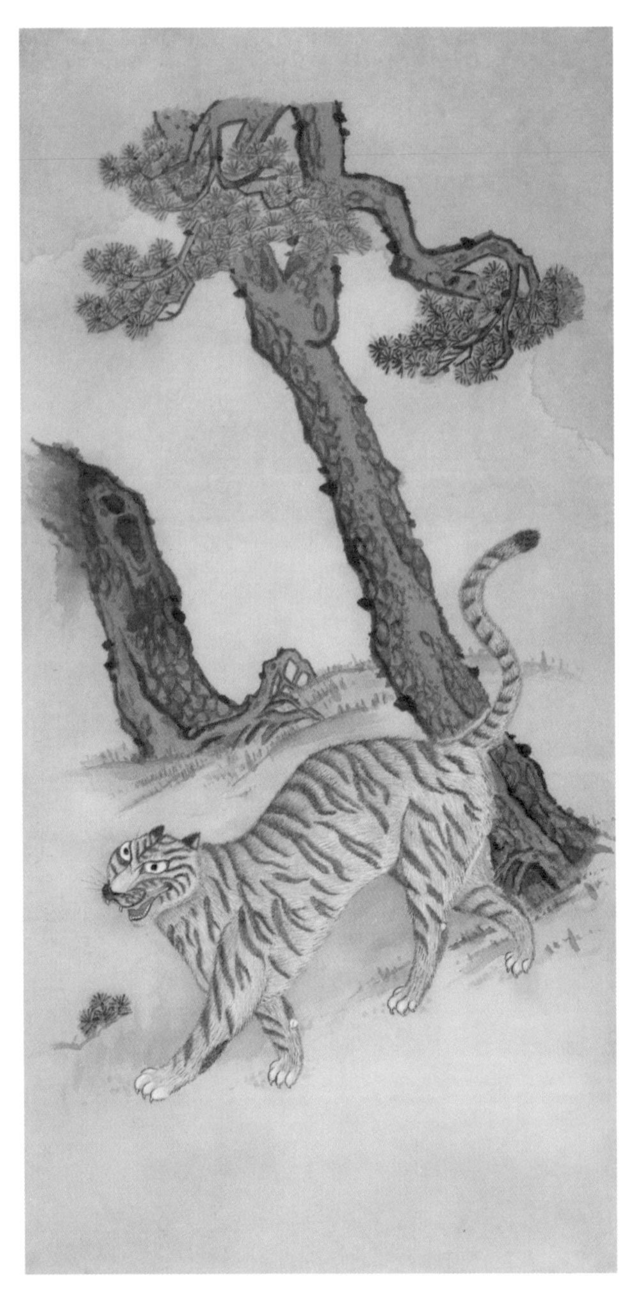

달빛 아래 솔숲 사이 호랑이

모란도

모란은 꽃이 크고 색이 화려하여 기품 있어 보인다는 찬탄을 받는다. 또 부귀와 아름다운 여자를 상징한다. 행복, 성실, 안락 등을 뜻해 조선시대에 선물용으로 많이 그렸다. 괴석 뒤에 숨은 듯한 나뭇가지는 각각의 색깔로 탐스럽고 아름다운 일곱 송이 꽃과 네 개의 꽃봉오리가 곁가지와 잘 어우러져 있다. 나뭇잎 끝은 석양 무렵의 노을이 살짝 내려와 앉아 있는 듯하고, 수정빛 색점이 박힌 파란 괴석이 더욱 강하게 보인다.

모란

모란

소반

일월오봉도

중앙에 다섯 개 봉우리 중 제일 큰 봉우리가 있고 양쪽에 협시처럼 작은 봉우리가 있다. 중앙 봉우리 오른편 하늘에 해, 왼편 하늘에 달, 폭포 줄기는 양쪽의 작은 봉우리 사이에서 시작해 한두 차례 꺾이며 아래쪽 물을 향해 떨어진다. 네 그루 키 큰 소나무가 양쪽 구석의 바위에 대칭으로 서 있다. 비늘 모양의 산과 물의 경계선, 봉우리 같은 물결 사이사이 위로 향한 손가락을 연상시키는 하얀 물거품이 무수히 그려져 있다.

福

십이지신

자(子)

축(丑)

인(寅)

묘(卯)

진(辰)

사(巳)

오(午)

미(未)

신(申)

유(酉)

술(戌)

해(亥)

문자도

효(孝)

제(悌)

충(忠)

신(信)

예(禮)

의(義)

염(廉)

치(恥)

복(福)

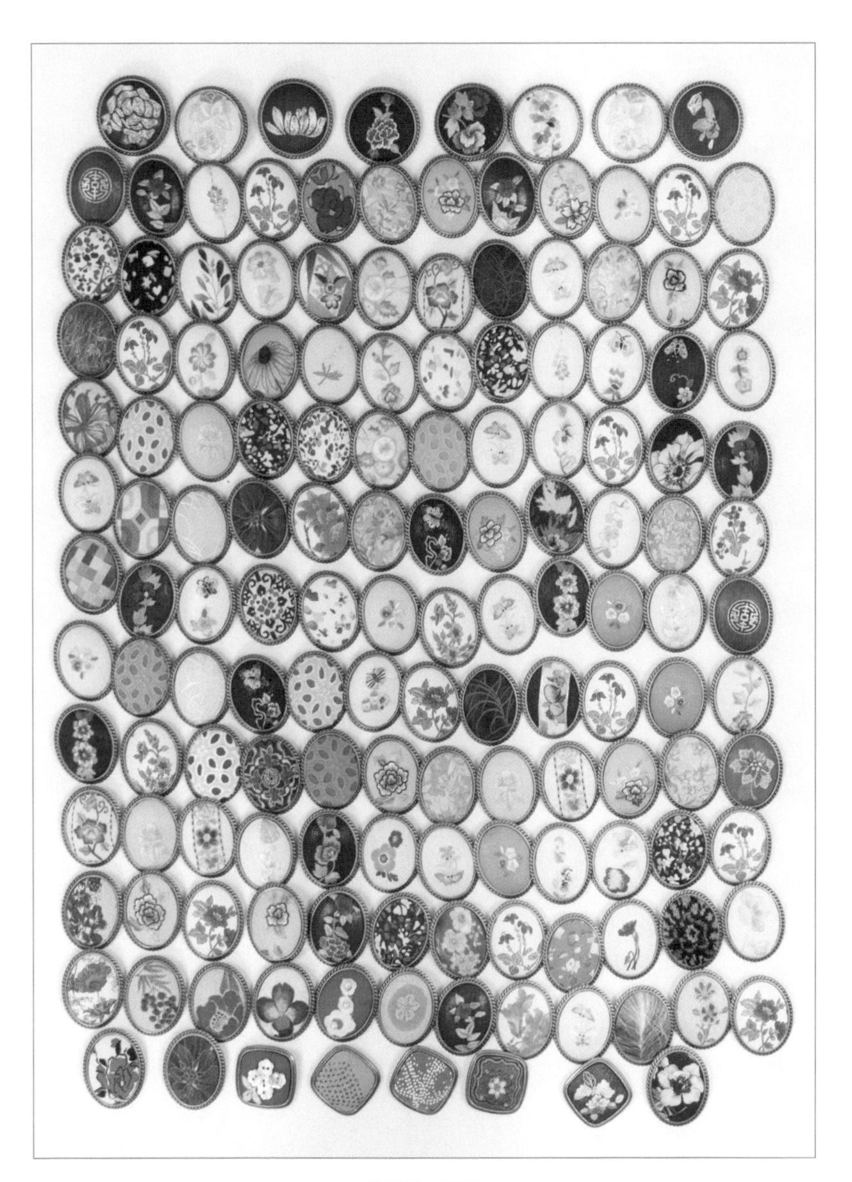

선물용 브로치

5부 칠순을 축하합니다

시 _ 너를

청춘의 열정

자랑스런 내 동생에게

80세의 내가 70세인 지금의 나에게 하고 싶은 말

청춘시대를 구가하는 소녀같이

자신의 세상을 향기롭게 가꿔 나가는 엄마

할머니, 늘 감사하고 사랑합니다

할머니, 지우가 많이 사랑해요

너를

서정순

바람을 베고 잠든
언덕 위 너희 집에
헉헉대며 올라가니
꽃처럼 활짝 웃으며
새처럼 훨훨 날아와
생시처럼 반기는구나

시린 내 가슴속
너를 꺼내두고
허허롭게 돌아서는데
가슴속 더 깊숙이
파고드는 너를
다시 품고 올 수밖에

청춘의 열정

유 승 완

세월은 유수와 같다고 하더니 어느덧 고희라니요… 축하합니다.

엊그제 만난 것 같은데 형수님과의 인연은 고등학교 시절로 거슬러 올라가 어언 반세기가 되어 갑니다.

형님 돌아가시고 서울에 오셔서 곱게 키운 외동딸을 출가시킨 지 벌써 강산이 한 바퀴 반이 바뀌어 손녀 둘을 돌보며 틈틈이 서예 및 문학활동을 하시는 진정 부러운 청춘입니다.

"청춘이란 인생의 깊은 샘물에서 오는 신선한 정신의 유약함을 물리치는 용기"라 했으며, 나이를 먹는다고 늙은 것이 아니고 이상을 잃어버릴 때 늙는다고 합니다.

또 세월은 우리의 주름살을 늘게 하지만 열정을 가진 마음을 시들게 하지 못하고 아름다움, 희망, 희열, 용기가 영원의 세계에서 오는 힘이 젊음입니다.

산다는 것은 울고 웃는 인생사의 연속이며, 오늘의 최고 인생은 청춘의 열정으로 나이와 상관없이 하고 싶은 많은 일들 하나씩 찾아 마음속의 꿈들을 이루시길 바랍니다.

저도 형수님 청춘의 열정을 닮고 싶으며, 삶을 사랑하는 사람이 될게요.

칠순 기념문집 출간을 축하드립니다.

● **유승완** : 시동생, 건설업

자랑스런 내 동생에게

서 석 민

내 동생 서정순, 축하한다!

칠순을 맞아 두 번째 수필집을 펴낸다는 소식을 듣고, 정말 대단하다는 생각과 함께 고마운 마음이 들었다. 손녀 둘을 돌보면서 언제 글을 쓰고 언제 그림을 배웠는지, 너의 그 열정에 감탄과 함께 부럽기도 하다.

나는 교직을 퇴직하고 나서 특별한 일 없이 운동을 하며 소일하고 있는데, 시간을 잘 활용하여 부지런히 열심히 살아낸 결과물을 모아 또다시 수필집 《70, 내 생의 청춘》을 세상에 내놓다니, 참 대견하다.

안 그래도 늘 집안 대소사를 챙기고 우리 사 남매가 형제애를 나눌 수 있는 기회를 마련해 줘 오빠로서 미안하기도 하고 고마웠는데, 이렇게 작가로 아티스트로 노년의 삶을 청춘처럼 살아가고 있는 내 동생, 자랑스럽다. 진심으로 축하한다.

나도 젊은 시절에는 저 고개 너머 찬란한 무지개가 있을 거라 생각하며 부지런히 달려왔는데, 넘어가 보니 또 고개가 있더구나. 그것만 넘으면 되겠지 하는 심정으로 굽이굽이 고개를 넘다 보니 오늘이다.

이제와 돌아보니 그 고개는 내가 걸어서 넘어야 하는 인생의 고개였고, 그 고개를 어떻게 넘어야만 하는지를 지금에서야 깨닫게 된다.

너 또한 크고 작은 수많은 고개를 넘어 오늘에 이르렀고, 지금 이 찬란한 순간은 네가 그 고개들을 어떻게 넘어왔는지 짐작할 수 있게 하는구나.

공자는 나이 칠십에 이르면 "이치에 통달하여 하고 싶은 대로 하여도 규범에 어긋나는 일이 없다" 하여 종심소욕불유구從心所慾不踰矩라 했는데, 막상 그 나이에 이르러도 세상 이치에 통달은커녕 어제도 넘은 고개, 오늘도 넘는 고개, 내일도 넘을 고개 생각에 잠 못 이루는 날이 있다. 그래서 내일 넘어야 할 고개 너머에 무엇이 있기를 바라는 것이 우리 모두의 소망이 아닐까 한다.

이제 나의 소망은 우리 사 남매의 건강과 우리 자식들, 손자 손녀들이 자신의 삶을 충실히 살아내기를 바란다. 그래서 이 사회에 꼭 필요한 존재들로 성장해 나가길 기원한다. 그래야 우리를 있게 하신 부모님 은혜에 보답하는 길이 아닐까 싶다.

내 동생 서정순!

다시 한 번 칠순과 함께 두 번째 수필집 출간을 진심으로 축하한다.

● **서석민** : 오빠, 교육공무원 퇴직

80세의 내가
70세인 지금의 나에게 하고 싶은 말

서 유 순

남성 중심의 강한 조직문화가 있는 어느 대기업에 신입사원으로 입사하여 30여 년이 흐른 지금 주요 부서의 수십 명 구성원을 리드하는 여성 임원을 코칭한 적이 있다. 지금까지 어떤 어려움에도 최선을 다하여 좋은 성과를 낸 덕분에 지금의 자리까지 왔는데, 요즈음이 더 힘들고 기운이 빠진다고 한다. 업무 때문이 아니라 젊은 구성원들의 조직과 상사에 대한 기대가 너무 낯설어서 다 들어주며 조직을 이끌기가 너무 어려워서다.

우리의 대화는 자연스럽게 언제까지 조직 내에서 일할 수 있을지, 언젠가 은퇴한 후에는 어떤 삶을 살고 싶은지로 흘러갔다.

일과 수명을 연구하는 학자들에 의하면 죽기 20년 전까지는 수입이 있든 없든 어떤 형태의 일을 하는 것이 신체적 정신적으로 건강하게 살 수 있는 가장 좋은 방법이라고 한다. 이 맥락에서 그 임원에게 질문을 했다.

"100세에 죽는다고 가정해 보고, 80세의 내가 지금의 나에게 어떤 말을 해 주고 싶어요?"

"일단 60세에 후배들에게 정말 좋은 가이드를 해 준 리더로 기억되는 은퇴를 하고, 그 이후에는 내가 정말하고 싶은 것, 글을 써 보라고 하고 싶네요."

"아 그래요? 그럼 은퇴사를 미리 한 번 써 보시지요? 나중에 하게 될 글쓰기를 위해서 지금부터 할 수 있는 것들은 뭘까요?"

대화를 나누며 80세에서 바라보는 지금의 우리는 얼마나 한창때인가를 느끼며 우리는 에너지가 올라가고 있음을 느꼈다. 앞으로 되고 싶은 나와 하고 싶은 것들을 위해 지금이 시작하기 가장 좋은 타이밍이라는 것에도 공감했다.

우리 언니 서정순은 이미 그런 삶을 살고 있다. 또래의 여느 할머니처럼 두 손녀 돌봄 하나만으로도 벅찰 듯한데, 시간을 쪼개어 글쓰기와 민화 그리기, 장신구 만들기 등을 꾸준히 몇 년째 배우고 있다. 배운 것을 또 열심히 구현하여 전시회도 하고 작품을 만들어 주변에 나누어 주기도 한다. 맛집도 잘 알고 잘 찾아다닌다. 가장 좋아하는 것이 여행이라며 말만 앞세우는 나는 반성을 할 만큼 언니는 실제로 여행도 잘 다닌다.

좌고우면하고 앞뒤를 재며 기회를 놓치는 나와 달리 언니는 시원시원하게 돌진한다. 통 크게 잘 베푼다. 그래서 스토리와 유머가 있는 언니가 우리 가족 모임에 빠지면 이내 우리 대화는 좀 서먹해지고 때로는 침묵도 흘러 언니의 존재감이 더욱 드러난다.

언니의 회갑 기념 책에는 언니에 대한 그간의 고마움을 살포시 전했는데, 칠순 책에는 지금처럼 왕성하게 쭉 활동을 하라고 격려를 보낸다. 그리고 10년 뒤 팔순에도 세 번째 책을 고대한다고 못박고 싶다. 그 책에 헌정하게 될 에세이를 위해서라도 앞으로 10년 나도 무척 재미나게 살아야겠다.

● **서유순** : 세 자매 중 둘째, 리더십 전문 코치

청춘시대를 구가하는 소녀같이

서 용 순

칠순기념문집을 상재上梓하는 언니에게 이 글을 쓰면서 2013년 회갑기념문집 《60, 내 생의 쉼표》에 쓴 글을 다시 읽어 보았다. 그때도 책을 만드느라 40여 편의 글을 꼼꼼히 읽으면서 그 안에 담긴 언니의 외로움과 아픔 그리고 사랑이 너무 절절해서 마음이 크게 출렁였었다.

그리고 9년이 흐른 지금, 칠순기념문집 《70, 내 생의 청춘》에 실릴 글들을 살펴보면서 언니의 그때 외로움과 아픔은 새로운 예술세계로 승화되었고, 사랑은 더욱 깊어져 얼마나 기쁘고 자랑스러운지 모르겠다.

또 뭐든 생각과 실행이 거의 동시에 일어날 만큼 마음먹은 건 꼭 해내고야 마는 언니의 고집과 열정은 조금도 변하지 않아,

이제는 작가에 아티스트라는 호칭까지 얻게 되었으니 다시 한 번 가슴이 벅차오른다.

언제부턴가 언니의 작은방에 낯선 화구畫具들이 늘어나더니 색연필화, 한지회화, 캘리그라피와 그림이 어우러진 작품, 민화民畫 등이 걸리기 시작했다. 우리 사 남매 중 그림에 소질이 있는 사람은 아직 발견되지 않은 터라 무료한 시간을 때우려나 보다 생각했었다. 그런데 그게 아니었다. 손녀 둘을 돌보면서 틈틈이 주민센터로 문화센터로 개인화실까지 찾아다니며 열심을 내더니 결국 이렇게 일을 내고 말았다. 허리도 아프고 손도 떨리고 눈도 침침하다면서 고도의 집중력을 발휘해야 하는 이 일에 전력투구하는 언니의 의지와 열정이 경이롭기까지 했다. 그리고 전시회장에 걸린 언니의 작품을 사겠다는 사람까지 나타났다니, 언니의 이 화려한 변신은 대성공이다. 인생의 가을을 찬란하게 보내고 있는 언니에게 힘찬 박수를 보내지 않을 수 없다.

작은언니와 나는 모란 네 송이가 소담스럽게 피어 있는 소반小盤을 주문하기에 이르렀다. 벌써 6개월 전 일인데 채근을 하지 못하는 이유는, 그 작업이 얼마나 어렵고 힘든 줄 알기에 처분만 기다리고 있다, 이러한 고행을 즐거이 해낸 언니는 이번 책에 50여 점의 작품 사진을 함께 실었다. 그리고 칠순 연회장에서 작품을 선보이기 위해 준비하는 언니는 한창 청춘시대를 구가하는 소녀같이 들떠 있다. 그 모습은 사오십 년 전 언니를 떠올리게 한다.

일상의 소소한 희로애락을 나누며 자주 만나는 우리 세 자매의 중심은 단연 큰언니다. 누가 쑥털털이를 갖다 줬다고 도토리묵을 쒀놓고 두 동생을 부르는 언니. 그 음식에 담긴 추억을 나눠 주고 싶어하는 마음을 잘 알기에 우리는 부리나케 달려간다. 마치 그 옛날의 친정엄마를 뵈러 가는 딸들처럼.

그런 언니를 볼 때마다 "맏이는 다르다"는 말이 생각난다. 집안 대소사를 기억했다가 제 일에만 바쁜 두 동생에게 귀띔해 주는 언니, 그래서 겨우 체면을 유지하게 살펴주는 언니가 우리 곁에 오래오래 있어 줘야 하는 이유이기도 하다.

두 권의 책을 내고 그림을 그리는 언니. 이제부터는 건강을 잘 지켜 줬으면 좋겠다. 외동딸 진아와 사위, 사랑하는 두 손녀를 통해 인생의 참 행복을 누려야 하고, 우리 사 남매의 우애가 더 돈독해지는 데도 언니가 꼭 있어야 하기 때문이다. 그리고 한 가지 더, 작가로서 아티스트로서의 삶이 기쁨이 되고 감동이 되어 오래오래 그 길을 걸어가길 기도한다.

사랑하는 언니, 칠순 축하드려요!!

- **서용순** : 세 자매 중 막내, 수필가, 이지출판사 대표

자신의 세상을 향기롭게 가꿔 나가는 엄마

유 진

8월 어느 더운 일요일, 엄마 민화 작품 전시회를 다녀온 그 밤 잠이 오지 않았다.

몇 년 전, 그림을 그리고 글을 쓰는 작은방을 갖고 싶다던 엄마는 내가 결혼 전 쓰던 방을 화실 겸 서재로 바꾸었다. 새 책상과 책장을 고르면서 엄마는 정말 좋아했다. 그러고는 그 작은 화실에서 꾸준히 본인만의 세계를 키워 가던 엄마는 그날 동료들과 작지만 아름다운 전시회를 열게 되었다고 초대해 주었다.

그날 난 매일 손녀들을 돌보러 우리 집에 와 주는 엄마가 아닌, 소녀처럼 수줍게 본인의 작품을 보여 주고 작품 앞에서 사진을 찍으며 즐거워하고 정원에서 차를 마시며 앞으로의 작품

계획을 설명하는 엄마를 보면서 괜히 마음이 시큰거렸다. 그리고 엄마 옆에서 우아하게 웃으며 엄마 작품을 칭찬해 주시는 교수님을 보면서 괜히 속상했다. 그렇게 전시회를 다녀온 그 여름밤, 이런저런 생각에 쉽사리 잠이 오지 않았다.

엄마가 지금 내 나이일 때 난 대학에 입학했다. 남편도 없이 타지에서 어린 딸을 대학에 보내느라 얼마나 힘들었을까. 그 고단했던 삶을 내 삶의 고단함에 숨어서 애써 모른 척했던 지난날들이 후회가 되었다.

올해 들어 마흔다섯 살이 넘어가니 남은 인생을 어떻게 살아야 할까 고민이 많았다. 엄마의 전폭적인 도움으로 나의 작은 가정을 키워 가는 동안 엄마에 대한 생각을 자꾸 미루게 되었다. 엄마의 아름다운 세상이 이렇게 확장되는 것도 모르고 살아온 지난날이 후회되었다.

이렇게 재능 있는 엄마도 가난한 집안의 장녀가 아니라 미래를 꿈꿀 수 있도록 대학을 보내 주고 공부를 지원해 주고 그림을 그리게 해 줬다면 지금과 삶이 달라졌겠지? 오늘 전시회에서 만난 교수님처럼 될 수 있지 않았을까? 무한한 가능성이 있는 스무 살 엄마가 생각나서 아쉬운 마음에 어린 엄마를 안아 주고 싶은 마음이었다.

그러나 삶의 무게와 고통을 속으로 삼키고, 본인의 재능을 발굴하여 좋아하는 것을 찾으며, 그림을 그리고 글을 쓰며 자신의 세상을 향기롭고 아름답게 꾸려 나가는 지금의 엄마를 떠올렸다.

지금 서정순의 삶, 칠순의 인생, 참 아름답다. 그래, 엄마는 정말 잘 살고 있구나. 나도 엄마처럼 늙으면 좋겠다고 생각하며 그 밤 다시 잠을 청해 보았다.

아직도 아름다운 청춘인 나의 엄마도 오늘은 편히 잠들길 기원하면서.

● **유진** : 외동딸, LG CNS 플랫폼 책임

할머니, 늘 감사하고 사랑합니다

박 연 우

저희 집은 부모님이 맞벌이를 하셔서 어릴 때부터 할머니들과 지내야만 했습니다. 친할머니는 김포에 사셔서 김포 할머니, 외할머니는 가양동에 사셔서 가양동 할머니라고 부르는 두 분과 보낸 시간이 참 많습니다.

그렇게 어린이집, 유치원, 초등학생 시절을 지나 중학생이 된 지금, 할머니 두 분은 저와 제 동생을 돌봐주시며 분명 힘든 시간도, 막막한 시간도 많으셨을 거라고 생각합니다. 그럼에도 불구하고 몇 년간 저희를 봐주셨고, 앞으로도 저희를 봐주실 할머니에게 정말 감사합니다.

지금은 너무 커버려서 못 가지만, 예전에는 할머니와 종종 가던 키즈 카페는 정말 재미있었고, 일상에서 활력소가 되는 요소들 중 하나였습니다. 나랑 동생을 태워 주시던 할머니 차의 냄새, 키즈 카페 앞 서점에서 사 주시던 장난감, 간식으로 주시던 캐러멜의 달콤한 맛은 아직도 생생하고 행복한 추억입니다.

이런 시간들을 할머니와 함께 보냈기에 저는 밝은 어린 시절을 보낼 수 있었고, 청소년기에 접어든 지금 다른 친구들보다 밝은 성격을 가지고 있는 제 모습은 분명 할머니의 영향도 있을 거라고 생각합니다.

어떤 사람들은 평일 대부분을 부모님이 아니라 할머니와 함께 지내며 불편할 때도 있고 의사소통이 잘 안 될 수도 있다고 생각하실 수 있습니다. 하지만 저는 할머니와 지내면서 어르신들을 대하는 법을 생활에서 자연스레 알게 되고, 더욱 예의 바르게 자랄 수 있었습니다.

이렇듯 저는 어릴 때 할머니의 사랑과 관심, 보호가 있었기에 건강하고 씩씩하게 자랐고, 그건 지금도 마찬가지입니다. 저에게 멋진 추억을 만들어 주시고 동시에 현재를 함께하고 계시는 할머니, 앞으로 오래오래 건강하게 사시길 진심으로 기원합니다.

할머니, 칠순 축하드리고 많이많이 사랑합니다.

● **박연우** : 첫째 손녀, 상암중학교 2학년

할머니, 지우가 많이 사랑해요

박 지 우

할머니는 엄마 아빠가 출근하시면 우리 집에 매일 와서 저와 언니를 돌봐주세요. 여러 가지 맛있는 음식도 해 주시는데, 저는 그중에서 잡채를 제일 좋아합니다. 아, 계란말이도 엄청 맛있어요. 그렇게 아침밥을 먹고 학교에 갈 때마다 잘 갔다 오라고 웃으며 배웅해 주셔서 기분이 참 좋아요.

학교는 저랑 친한 친구들이랑 가는데, 그중 한 명은 할머니 덕분에 친해졌어요. 할머니들끼리 친하고, 저도 그 친구랑 친해서 같이 놀 때 즐겁습니다.

할머니는 저를 엄청 아껴 주시고 사랑해 주셔요. 제가 짜증을 내도 받아 주시고 언제나 웃어 주시는 할머니가 오래오래 사셨으면 좋겠습니다.

저희 할머니는 그림도 굉장히 잘 그리십니다. 저희 집 거실에 할머니가 열심히 그리신 꽃 그림이 있는데, 정말 예쁘고 잘 그리셨습니다.

할머니가 그림을 잘 그리셔서 그런지 용돈을 주실 때 직접 만드신 봉투에 넣어 주세요. 그 봉투에는 예쁜 그림과 짧은 글이나 편지가 있습니다. 너무 예뻐서 제 맘에 쏙 들어요. 할머니가 주신 봉투들을 한 번씩 꺼내 보면 힘이 납니다.

근데 할머니와 많은 시간을 보냈지만 제가 생각하기에는 엄청나게 특별한 추억이 떠오르지 않아요. 여행도 어릴 때 다녀와서 기억이 잘 안 나 아쉽습니다. 그래서 앞으로는 특별한 추억을 많이 남기고 싶습니다.

저는 할머니가 무척 좋습니다. 앞으로도 계속 함께 있고 싶어요. 그러기 위해서 저도 조금 더 노력할 것입니다. 할머니께 짜증도 덜 내고, 제가 할머니를 좋아하고 사랑하는 것을 좀 더 표현할 거예요.

할머니, 지우가 많이 사랑해요!

- **박지우** : 둘째 손녀, 상지초등학교 6학년